KB244913

에디 디킨스와
황당가족의 모험

1

Awful End
by Philip Ardagh

ⓒ2000 by Philip Ardagh
Illustrationⓒ by David Roberts
All rights reserved.

Korean translation editionⓒ2006 Kungree Press
Published by arrangement with Faber & Faber Limited
via Bestun Korea Agency, Korea
All rights reserved.

이 책의 한국어 판권은 베스툰 코리아 에이전시를 통하여
저작권자와 독점 계약한 궁리출판에 있습니다.
저작권법에 의해 한국 내에서 보호를 받는 저작물이므로
무단 전재와 무단 복제를 금합니다.

에디 디킨스와

황당가족의 모험

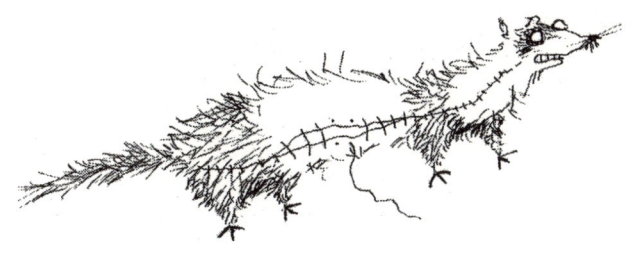

1

어이 없는 황당골목

필립 아다 지음 | 이민아 옮김

궁리
KungRee

작가의 말

추가 비용 없음

『어이없는 황당골목』은 원래 연재물로 썼던 것이라 '장' 이 아닌 '일화' 로 분류했다. 이 일화들은 기숙사 학교에서 공부하는 조카 벤에게 보냈던 건데, 거기서 놀랍게도 사감 '브라운 씨 부부' 가 학생들에게 읽어주었다고 한다. 이 책을 그들에게, 그리고 코딜리아, 프란체스카, 해티, 이사벨, 케이티, 그리고 테드 라일리에게 바친다. 그들의 삶이, 그리고 독자 여러분의 인생이, 어처구니없는 모험으로 가득하기를…….

2000년 영국에서

필립 아다

등장인물

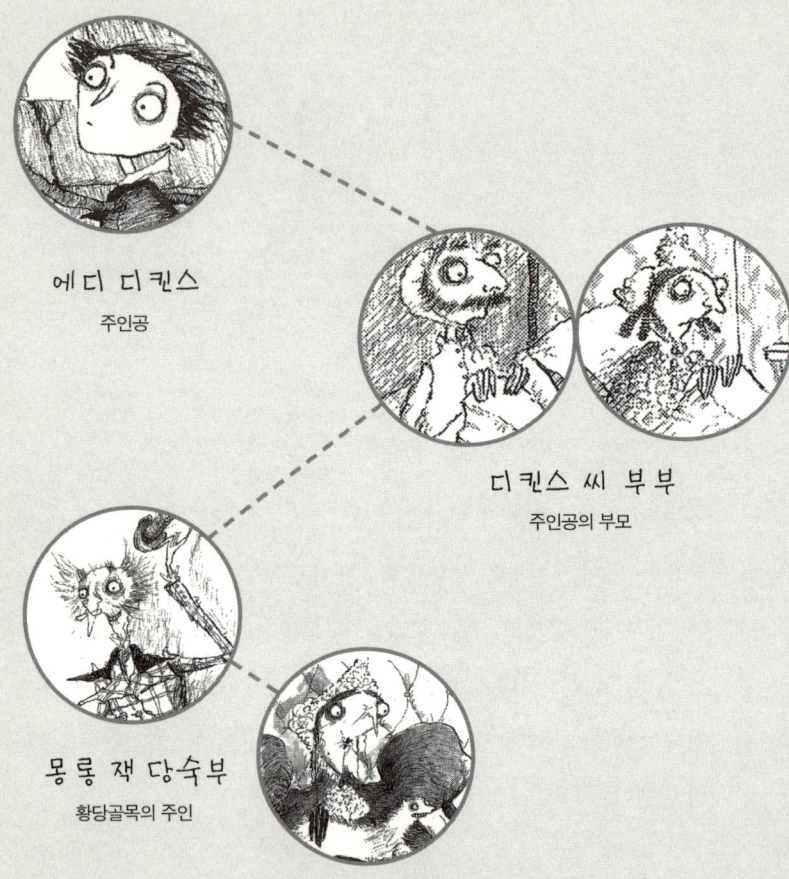

에디 디킨스
주인공

디킨스 씨 부부
주인공의 부모

몽룡 잭 당숙부
황당골목의 주인

몽몽룡 오드 당숙오
몽룡 잭 당숙부의 아내
박제 흰담비 말콤을 데리고 다닌다.

웅얼이 제인

무면허 가정부

도킨스

디킨스 씨네 집사

펌블스누크

유랑극단의 배우 겸 연출가

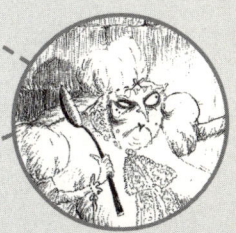

잔혹줄무늬 부인

에디가 끌려간 고아원에서
아이들을 괴롭히는 여자

마조리

속 빈 커다란 젖소

차례

1

누렇게 뜨고 끄트머리가 약간 쭈글……

에디 디킨스가 부모님의 배려하에 친척집으로 떠난…

에디 디킨스의 부모님은 에디가 열한 살 때 웬 끔찍한 병에 걸려
누렇게 뜨고 끄트머리가 약간 쭈글거리는 데다가 오래된 보온병
냄새까지 풍겼다.

그 시절에는 그런 병이 많았다. 아마도 짙은 안개와 울퉁불퉁한
자갈길, 그리고 모든 사람이 어딜 가든지, 심지어는 화장실마저도
말을 타고 다녔다는 사실과 상관이 있을 것 같다. 또 누가 알겠는

가?

"이 병은 아주 쉽게 퍼진단다." 그의 아버지가 말했다.

"전염성이지." 어떤 유명한 장군 모양의 얼음조각을 빨면서 어머니가 말했다.

그곳은 에디 부모님 방이었는데, 아주 어두침침했으며 가구라고는 커다란 2인용 침대와 그보다 더 큰 옷장, 팔목을 발목에다 묶어도 꼿꼿이 앉을 수밖에 없게끔 설계된 32개의 의자뿐이었다.

"어째서 유명한 장군 모양의 얼음조각을 빨고 계세요?" 에디가 부모님에게 물었다. 그러자 부모님은 몹시 낡아빠진 2인용 침대에서 베개를 받치고 일어나 앉았다.

"머핀 박사님이 부어오르는 데 효과가 있다고 하셨단다" 하고 어머니가 말했다. 어머니가 어떤 유명한 장군 모양의 얼음조각을 빨고 있던 탓에 말이 "머핀 바하님이 부버오르는데 호하가 이아고 말험하혔단다"로 들렸지만 에디는 쑥떡처럼 알아들었다.

"뭐가 부어오르는데요?" 하고 에디가 공손하게 물었다.

어머니가 어깨를 으쓱하니 갑자기 더 누렇게 뜨고 끄트머리가 훨씬 더 쭈글거렸다.

"근데 그게 어째서 유명한 장군 모양이어야 하냐구요?" 하고 에디가 물었다. 에디는 항상 질문이 많았고 질문을 할 때마다 아버지는 '질문, 또 질문이구나!' 대꾸하시곤 했다.

"질문, 또 질문이구나!" 아버지가 말씀하셨다.

거 봐.

"하지만 어째서 유명한 장군이냐구요?" 에디가 거듭 물었다. "얼음조각 모양이 다른 거면 절대로 안 되는 건가요?"

"네아 어아아 아은지를 오여유지" 하고 어머니가 웅얼거렸는데, '네가 얼마나 아는지를 보여주지' 하는 뜻이었다(지금도 그런 뜻이고).

아버지가 움직이자 침대보가 바스락거렸다. "용한 의사한테는 질문을 하는 게 아니다" 하고 아버지가 말씀하셨다. "특히나 어린이는 더더욱 안 된다." 아버지는 몸집이 작았다. 침대에 일어나 앉았을 때를 제외하면. 정말이지 일어나 앉으면 엄청나게 커보였다.

이번엔 에디 어머니의 침대보가 바스락거렸다. 침대보는 걸핏하면 바스락거렸는데, 우체국에서 우표를 한 장 이상 사는 경우면 가끔 붙어오는, 풀칠한 귀퉁이 띠로 접착된 갈색 종이봉투로 만들어졌기 때문이다.

그 시절에는 우표가 무척 새로운 물건이라서 우표라면 외가 쪽 큰큰큰이모를 제외하면 너나 할 것 없이 열광하곤 했다.

그 시절 우표가 희귀하여 좋은 점이 하나 있었다면 우표를 수집하여 우표첩에다 붙여놓은 걸 언젠가 싫증낼 날이 올 거라고 생각한 사람이 아무도 없었다는 점이다. 우표 수집가가 없어서 좋은 점

중 또 하나는 영어 선생님이 멍하게 앉아 있는 어린이한테 슬그머니 다가가 거기*다 대고 우표 수집가를 어떻게 쓰느냐고 물을 수 없었다는 점이다.

어쨌거나 그 시절에조차 갈색 종이 침대보를 갖고 있다는 건 대단히 흔한 일은 아니었다. 오히려 그 반대였지. 침대보만 해도 그 시절에는 요새보다 훨씬 대단한 물건이었다.

이불보만 따로 떼어내 세탁할 수 있는 폴리에스터솜 깃털이불 같은 것은 찾아볼 수 없었다. 아, 아니지. 그 시절엔 속담요와 속이불, 겉이불와 중간 이불, 7가지 겉담요가 있었다. 당시 담요와 이불의 종류는 널빤지보다 두툼한 (하지만 그만큼 부드럽지는 못한) 것에서 마땅히 있어야 할 구멍이 뚫려 있는 것까지, 정말로 가지가지였다.

보통 가정부가 침대를 제대로 꾸미기 위해서는 전문학원에서 6주에서 8주 과정의 교육을 받아야 했다. 수강생 전원이 과정을 수료하는 것은 아니어서 다 마치지 못한 사람들은 평생 계단 밑 찬장에 처박혀 살아가야 했다.

디킨스네 계단 밑 찬장은 웅얼이 제인 차지였다. 웅얼 양은 낮에는 온갖 대걸레며 양동이며 빗자루를 옆에 끼고 어둠 속에서 지

---

* 그 시절 교사들은 어린이를 심지어 '여기', '거기', '이것', '저것' 으로 여겼다. 세상에는 절대로 바뀌지 않는 일들이 있는 법이다.

내면서 '병원 구석'이니 '쓸데없는 잡동사니' 하는 말을 웅얼거렸다. 그녀는 절대로 바깥으로 나오지 않았기 때문에 햄조각처럼 문틈으로 들어갈 정도로 얇은 음식을 받아 먹고 지냈다.

디킨스 씨 부부가 바스락거리는 갈색 종이 이불과 담요를 덮고 사는 건 치료법의 하나였다. 머핀 박사님은 요법에 대해 언제나 엄격하게 주의를 주곤 했다.

오래된 보온병 냄새가 에디의 '숨 참기 능력'으로도 도무지 '견딜 수 없는' 정도가 되자 에디는 손수건을 얼굴에 갖다댔다.

"아들아, 네가 이 방을 떠나지 않으면 안 될 것 같구나" 하고 아버지가 말했다.

"이 집을 떠나지 않으면 안 될 것 같구나" 하고 어머니가 말했다. "우린 너까지 온통 누렇게 뜨고 쭈글거리고 끔찍한 냄새가 나도록 내버려둘 수가 없단다. 그 많은 돈을 퍼부어 너를 꼬마 신사로 만든다는 건 말도 안 되는 낭비가 아니겠니?"

"그래서 우린 너를 몽롱 잭 형님네로 보내기로 했단다" 하고 아버지가 설명을 했다.

"저한테 몽롱 잭 형님이란 분이 있어요?" 에디는 헉 소리가 나왔다. 금시초문이었다. 하지만 그런 친척이 있다면 틀림없이 신이 날 것 같았다.

"너한테 몽롱 잭 형님이라고는 안 했다. 나한테 몽롱 잭 형님이

시다" 하고 아버지가 말했다. "아버지 말씀을 잘 들었어야지. 그러니까 너한테는 당숙부님 되시는 분이야. 당숙부님이 어려우면 아저씨라고 불러도 되지만."

"에이…." 에디는 실망했다. "몽룽 잭 당숙부님이라구요…." 에디는 아저씨보다는 처음 들어보는 당숙부라는 호칭이 마음에 들었고, 그분 이야기도 들어본 적이 없다는 생각이 들자 몽룽 잭 형님이나 몽룽 잭 당숙부님이나 똑같이 재밌을 것 같았다. "그분을 언제 만날 수 있어요?" (여러분도 당숙부를 처음 들어봤다고? 당숙부는 아버지의 아버지 형제가 많은 집안이면 있을 친척인데, 그러니까 아버지한테는 사촌, 나한테는 오촌 되시는 분이라고.)

"옷장 안에 계시다." 에디 어머니가 자기 아들이 옷장이 어떻게 생겼는지 까먹었을까봐 침대 발치에 있는 큰 옷장을 직접 가리키면서 말했다.

에디 디킨스는 조심스럽게 생긴 옷장문을 잡아당겼다. 아주 살살.

옷장 안, 어머니의 옷가지 사이에 아주, 아주, 아주 키가 크고 삐삐 마른 사람이 서 있었다. 그의 코는 매부리마저 무색할 정도였다. "언녕" 하고 그가 말했다. '안' 이 아니라 '언' 이었다. 다시 말하는데 분명히 '안녕' 이 아니라 '언녕' 이었다고. 몽룽 잭 당숙부는 손을 내밀었다.

에디는 악수를 했다. 그동안의 꼬마 신사 수업이
헛되지만은 않았다.

몽롱 잭 당숙부는 옷장 밖으로
걸어나와 성 호리드의 은혜를 아
는 고아들의 집 아이들이 짠 달걀형
발판 위에 섰다. 성 호리드의 은혜를
아는 고아들의 집, 이곳을 기억해두
라. 여러분을 위해서 특별히 두 번 말
했다. 나중에 가서 내가 아무것도
알려준 게 없다고 하면 안
된다. 이 이름을 기억
해두라. 어느 날 이 이
름을 만나게 될 터이며, 십중팔구는
이 책의 맨 앞장과 뒷장 사이가 될
것이니.

"그래, 네가 에드먼드 디킨스
구나" 하고 몽롱 잭 당숙부가 소년
을 훑어보며 말했다.

"예, 아저씨" 하고 에디가 말했다. 에디의 이름이 정말로 에드
먼드였기 때문이다.

에디 디킨스의 아버지가 헛기침을 했다. 그는 동네 청소부가 막힌 굴뚝을 뚫는 데 쓰는 솔과 같은 종류의 소형 칫솔을 사용했다. 이것 역시 머핀 박사의 치료법이다.

"에드먼드" 하고 디킨스 씨가 말했다. "이제 잭 당숙부님과 함께 가서 너의 사랑하는 어머니와 내가…" 아버지는 잠시 멈추고 디킨스 부인의 얼굴 가운데 가장 덜 누렇고 가장 덜 쭈글거리는 부위(왼쪽 귀 바로 뒤 작은 부위)에 입을 맞추더니 말을 이었다. "우리가 다시 건강해질 때까지 기다리려무나. 당숙부님 앞에서는 녹색이 들어가는 건 절대로 입으면 안 되고, 미지근한 물을 적어도 하루에 다섯 잔 이상 마셔야 하고, 항상 당숙부님 말씀을 잘 들어야 한다. 알겠지?"

"예, 아버지" 하고 에디가 말했다.

"그리고 조녀선" 하고 어머니가 덧붙였다. 조녀선은 어머니가 에디의 본래 이름이 생각나지 않을 때 부르는 애칭이었다.

"네, 어머니?"

"달아난 고아 소년으로 오인당해 고아원에 잡혀가서 학대와 고통과 비참에 시달리지 않도록 아주 조심해야 한다."

"걱정 마셔요, 어머니. 그런 일은 절대 없을 거예요" 하고 에디 디킨스가 말도 안 되는 얘기라고 생각하며 대답했다.

이 말씀을 귀담아 들으면 좋으련만.

　몽롱 잭 당숙부는 에디가 화장실에 가려 하자 자기가 먼저 가려
했다. 잭 당숙부는 새집이 익숙치 않은지 2층에 있는 화장실로 말
을 타고 올라가면서 가족 초상화를 두 개 떨어뜨렸다.

　잭 당숙부는 바로 몇 분 전에 자기 손으로 그 초상화들을 직접
못박았다는 사실에 더욱 짜증났다. 몽롱 잭 당숙부는 자기 집에서
17.7km 이상 멀리 벗어날 때면 언제나 그 그림들을 챙겨갔다. 잭
당숙부네와 가장 가까운 이웃집이 정확히 19.3km 떨어져 있었으
니, 결국 그 초상화 뭉치를 항상 들고 다닌다는 얘기가 된다.

치료에서 가장 중요한 부분은 디킨스 씨건 디킨스 부인이건 하루에 세 번 이상 침대를 벗어나면 안 된다는 것이다. 그날은 디킨스 씨 부부 둘 다 이미 두 번이나 일어났고, 두 사람 모두 나중에 친구들과 농장 너머에 살고 있는 이웃 새커리 부부네와 팔씨름 시합을 벌일 계획이었기 때문에 에디를 배웅할 수 없었다.

대신에 부모님은 치료를 시작한 뒤로는 사용한 적 없는 침대 밑 감개로 침대를 창문 밑으로 낮추었다.

"행운을 빈다, 아들아" 하고 에디의 아버지가 말했다. "이런 상황이라면 네게 입을 맞춰야 마땅하겠지만 이 병을 전염시키고 싶지 않구나."

"얼른 나으세요, 아버지" 하고 에디가 말했다.

"착하게 굴어야 한다, 사이먼" 하고 어머니가 말했다. 사이먼은 디킨스 부인이 아들의 진짜 이름 에드먼드나 애칭 조너선을 기억하지 못할 때 부르는 이름이었다. "착하게 굴어."

"그럴게요" 하고 에디가 말했다. "얼른 나으세요, 어머니."

비가 내리기 시작했고 빗방울이 눈물과 섞여 어머니의 뺨으로 흘러내렸다. 어머니는 양파 껍질을 까느라 정신이 없었던 것이다.

2

더 몽롱한 모드 당숙모

에디가 처음으로 말콤을 만난…아니, 샐리였나?

에디 디킨스가 몽롱 잭 당숙부의 덮개마차에 오르자 한 승객이 이미 자리를 차지하고 있었다. 구석에서 한 노파가 흰담비를 쓰다듬고 있었던 것이다.

"네가 말콤이구나" 하고 노파가 말했다. 치즈를 뭉개뜨릴 것 같은 목소리였다.

"아닙니다, 할머니. 제 이름은 에드먼드입니다" 하고 에디가 말했다. "흰담비한테 한 말이닷!" 하고 노파가 동물을 바짝 끌어당기며 호통을 쳤다. "맞지?" 노파는 동물을 응시하며 물었다.

흰담비는 아무 말도 없었고 눈도 깜짝 하지 않았다. 노파는 흰담비의 꼬리를 잡고 꼭대기로 들어올렸다('약간 올린다'는 말을 그 시절에는 이렇게 했다). 녀석은 판대기처럼 뻣뻣했다. "네가 말콤이냐?" 노파가 물었다.

그제야 에디 디킨스는 그 노파가 완전히 미쳤으며 그 동물이 박제라는 사실을 깨달았다. 에디는 노파 맞은편 자리에 앉았다.

"그 의자를 돌려놔!" 하고 노파가 소리를 질렀고, 그래서 에디는 노파가 시키는 대로 하고서 자리에 앉았다.

바로 그때 몽롱 잭 당숙부가 얇디 얇은 머리를 객차 문틈에 끼웠다. "무시해라. 완전히 미친 노친네다." 잭 당숙부가 퉁명스럽게 말했다.

"저분은 누구세요, 당숙부님?" 에디가 물었다.

"흰담비 셀리다." 당숙부가 말했다.

"그 이름은 저렇게 껴안고 있는 저 박제 때문에 생긴 건가요?" 에디가 물었다.

"난 지금 흰담비 얘길 하고 있는 거다, 이 무례한 자식아!" 당숙부가 소리쳤다. "저 숙녀분은 내 아내, 몽몽롱 모드 여사, 너한테는 당숙모님이시고. 당숙모님이라고 부르기 힘들거든 아주머니라고 불러도 좋다만, 네 당숙모님한테는 몽롱한 구석이라곤 없으시다."

에디는 얼굴이 근대 뿌리처럼 빨개졌다. "정말로 송구스럽습니다, 당숙부 아니 아저씨 아니 당숙부님," 하고 에디는 침을 튀기며 말했다. "그리고 당숙부 아니 아저씨 아니 당숙부님…" 하고 에디가 쩔쩔매면서 말문을 열었다. 아직 앞길도 나서지 않았는데 벌써 두 분의 기분을 상하게 한 것이다.

"그만 됐다" 하고 몽롱 잭 당숙부가 말했다. "난 덮개마차를 싫어하니 저 위 지붕에서 짐이랑 같이 덜컹댈란다. 황당골목에 도착하면 보자."

"황당골목이요?"

"우리집이다. 참, 네 집이기도 하구나. 네 소중한 어머니, 아버지가 끔찍한 전염병에서 완쾌될 때까지는…. 좀 크긴 해도 골목은 아닌데, 이유는 모르겠지만 오래전부터 황당골목이라고 불려왔구나." 몽롱 잭 당숙부가 설명해주었다.

에디의 당숙부는 마차 지붕으로 기어올라갔다. 잭 당숙부가 대형 여행가방 옆에다 몸을 꽁꽁 묶는 소리가 에디 자리까지 들렸다.

"출발!" 하고 몽롱 잭 당숙부가 소리쳤다.

아무 일도 생기지 않았다.

"기사! 출발!" 아저씨가 크게 외쳤다. 잭 당숙부가 그들 일행한테 기사가 없다는 사실을 기억할 차례였다. 에디는 아저씨가 끈을 풀고 지붕 위를 기어 마부석에 앉는 소리를 들었다.

몽롱 잭 당숙부는 사람들이 마차를 세우기 직전에 고삐를 조이며 말한테 내는 소리로 끌끌거렸다.

고삐 조이는 소리도 나는 것 같았지만 그 다음으로 들린 소리는 당숙모가 차창 밖에 내밀고 있는 박제 흰담비 위로 후두둑 빗방울 떨어지는 소리. 그리고는 적막.

"전쟁을 해보았느냐, 아가?" 당숙모가 에디에게 물었다.

"무슨 전쟁 말씀이셔요, 당숙 아니 아주머니 아니 당숙모님?" 에디가 공손하게 물었다.

"몇 번이나 나가봤는데?" 당숙모가 물었다.

"사실은 한 번도 안 나가봤는데요" 하고 에디가 말했다. 당숙모도 당숙부만큼이나 이야기하기가 까다로웠다.

"그럼 그렇게 깔끔 떨 거 없다!" 모드 당숙모가 흰담비를 건조한 마차 안으로 끌어당기면서 대답했다. "말콤이 목이 말랐었나? 그랬나? 뭣 좀 마셔서 기분이 좋아졌나?"

"말이 없어!" 어디선가 튀어나온 목소리였다. 에디가 듣기에는 아버지 목소리였다. 평소보다 더 누렇고 *끄트머리*가 쭈글거리는 소리이긴 했지만.

에디가 일어서서 창밖으로 집 앞길을 내다보았다. 에디의 부모

님은 현관문 옆 침대에 누워 있었다.

부모님의 침구에는 별 도움이 되지 않는 날씨였다. 갈색 종이 봉투들은 더 뒤틀해졌고 게다가 흠뻑 젖어버렸다. 바깥에 좀만 더 있다가는 침구가 펄프뭉치가 되어버릴 참이었다. 에디는 저 딱딱한 종이가 머핀 박사의 처방이 아니었나, 하고 생각해보았다.

"말이 없어!" 아버지가 마차를 가리키며 다시 소리쳤다.

에디가 바깥으로 기어나가 마차를 둘러보았다. 문제가 뭔지 알 것 같았다. 마차에는 몽몽롱 모드 당숙모가 이름이 말콤 아니면 셀리인 박제 흰담비와 함께 앉아 있었다. 마차 지붕에는 에디의 여행 가방과 당숙부의 (당숙부가 항상 가지고 다니는) 가족 초상화가 있었고 마차 앞에는 아주 마르고 아주 미친 몽롱 잭 당숙부가 한 손에는 고삐를, 또 한 손에는 채찍을 들고 앉아 있었다.

하지만 문제는 디킨스 씨가 아주 잘 지적했다시피, 말-이-없-다-는 사실이었다.

"네 당숙부께서 목욕탕에다 놓고 가셨다!" 디킨스 부인이 눈꼬리에서 눈물을 훔치면서 외쳤다. 사실대로 말한다면, "에 옹오우께허 모오항에아 노호 가혀아"였다. 깐 양파를 통째로 입에다 물고 있었기 때문이다.

잠시 뒤, 디킨스 씨 집안의 잘 아는 사람의 잘 아는 사람이 집안에서 말을 끌어내 몽롱 잭 당숙부의 마차에다 걸어맸다.

"고맙네, 대프니" 하고 몽롱 잭 당숙부가 말했다.

"아닙니다, 어르신" 하고 디킨스 씨 집안의 잘 아는 사람의 잘 아는 사람이 대답했다. 디킨스 씨 집안의 잘 아는 사람의 잘 아는 사람으로서 그는 지금이 자기 이름이 실은 대프니가 아니라 도킨스라는 점을 지적할 자리가 아님을 알고 있었다. 아니, 그의 자리는 부엌의 커다란 바구니 속 화장지 다발 옆이었다. 따라서 이름 따위를 놓고 불평할 처지가 아니었다. 농장에 사는 새커리의 잘 아는 사람의 잘 아는 사람의 처지는 훨씬 나빴다. 그의 자리는 연장 창고의 석탄통 뒤 작은 통나무 위였다. 도킨스는 연장 창고가 뭔지 도무지 알 길이 없었으나 물어볼 생각은 꿈에도 해볼 수 없었다.

말이 제자리를 찾자 마차가 출발했다. 에디는 창 밖으로 부모님에게 손을 흔들었다. 그들이 까마득히 작은 점이 될 때까지. 어쩌면 이것도 그들이 앓고 있는 병 때문인지도 모르겠다. 아니면 원근법 문제로, 현관 앞길이 무척 길어서일 수도 있겠고.

"너 당장 옷을 벗어야 할 것 같구나." 마차가 비포장 도로의 바퀴자국을 따라 덜컹거리자 몽몽롱 모드 당숙모가 말했다.

에디 디킨스가 앞에서는 당황스러워 근대 뿌리 빨강색이 되었다면 이번에는 부끄러운 나머지 근대 뿌리 빨강색이 되었다. "뭐라고 말씀하셨어요?" 하고 에디는 자기가 잘못 들은 것이기를 바라며 물었다.

제대로 들은 말이었다. "너 당장 옷을 벗어야 할 것 같구나." 몽롱 당숙모가 확인시켜주었다.

"저…무슨 연유로 그래야 하는 건지요, 몽몽롱 모드 당숙모님?" 에디는 될 수 있는 한 정중하게 물었다. 자기가 마차 안에 이 여자하고가 아니라 어디 다른 데 넓은 세상에 있었으면 좋겠다고 생각하면서.

"이 안에서 그렇게 옷을 껴입고 있다가는 마차에서 내려서는 더 입을 게 없을 거고 그러면 추울 거다." 몽몽롱 모드 당숙모가 말했다. "그걸 설명해줘야 아냐?"

"하지만 마차가 달리는 동안에는 마차 안도 추울 텐데요, 당숙모님." 에디가 말했다.

몽몽롱 모드 당숙모가 눈을 부릅뜨고 에디를 노려보았다. 눈빛으로 사람을 죽일 수 있다면 에디는 모드 당숙모의 이 눈빛에 중상을 입었을 것이다. "콧수염 기를 생각은 해보았느냐?" 당숙모가 뜬금없이 물었다.

"저는 아직 열한 살밖에 안 됐는데요…." 에디가 대꾸했다.

"조용!" 몽몽롱 모드 당숙모가 말을 끊었다. "난 여기 말콤한테 물어본 거다." 당숙모는 박제 흰담비의 안경 사이를 다정하게 비벼주었다.

박제 흰담비는 아무 말도 없었다.

에디는 이 미친 사람과 한 마차로 여행해서 자기가 살아남을 수 있을까, 염려스러웠다. 하지만 다행히도 모드 당숙모는 에디한테 옷을 벗으라고 말한 것을 잊어버린 것 같았다.

"자, 젊은이, 어서!" 몽몽롱 모드 아주머니가 말했다. "당장 벗어!"

에디는 괴로웠다.

여정을 잠시 쉬기 위해 몽롱 잭 당숙부는 '마차여인숙'이라는 이름의 마차 여인숙 앞에서 멈춰섰다. 시적이지 못한 시골 동네에 있는 그곳을 마차여인숙이 아닌 다른 이름으로 불렀더라면 토박이들이나 그 마을을 지나는 무리가 무척이나 헷갈려했을 것이다.

토박이 두 사람이 기다리고 있다가 몽롱 잭 당숙부네 일행을 맞이했다. 여인숙 주인인 두개골 부부였다.

에디가 내복 아래윗도리만 입고 마차에서 내릴 때 두 사람 모두 눈꺼풀을 깜짝하지 않았다.

그 시절에 위아래로 내복 차림이었다면 발가벗은 것이나 진배 없었다. 그 이상으로는 절대 벗어서는 안 되는 시대였다. 만약 그 시절 영화에—사실은 영화가 없는 시절이었지만—누가 내복 차림으로 해변에 있는 장면이 나왔다면 사람들이 여기저기서 들고 일

어났을 것이다. 긴 턱수염을 한 남자들이 바리케이드를 쳤을 것이고 거리 곳곳에서 폭동이 일어났을 것이다.

대부분의 사람들은 내복을 정말로 벗을 수 있다는 생각을 하지 못한 채 평생을 살았다. 그 시절 사람들은 내복을 그저 손톱이나 머리카락처럼 자기 몸의 일부로 여겼다. 다만 재질이 얼굴이나 손발과는 다르며 단추가 달렸을 뿐이라고.

누군가 헐렁한 팬티나 수영복 차림으로 나오면 여성들은 '헛것의 공격'을 받았고 남성들은 그 추잡한 꼴에 분노를 터뜨렸다. '헛것의 공격'이 정확히 어떤 것인지는 분명하지 않다. 왜냐면 '여성 같은 것'이 더 이상 존재하지 않으며 헛것의 공격 따위도 분명히 없기 때문이다.

하지만 에디 디킨스가 살던 시절에 누가 그런 공격을 받았다면 거기엔 노점의 꽥꽥거리는 소리며 사람들이 졸도하여 땅(이나 바닥)에 쓰러져 옷이 잔뜩 구겨지는 따위의 사태가 뒤따랐을 것이다.

그런 공격을 받은 귀부인을 거들고 싶으면 '냄새 맡는 소금'이라는 딱지가 붙은 작은 병을 코밑에다 흔들면 되었다.

헛것의 공격이 오늘날 존재하지 않는 것처럼 냄새 맡는 소금도 오늘날에는 없다. 목욕 소금도 마찬가지다. 오늘날에는 목욕 거품이나 샤워젤을 쓰는데, 모두가 매우 흥미로운 물건들이다.

그 결과, 에디는 마차여인숙 바깥의 마차 바깥으로 나갔을 때 우리가 해변에 가면 보통 입는 정도보다도 더 껴입고 있었으면서도 완전히 (어쩌면 시계만 빼고) 깨끗었을 때나 느낄 법한 깨끗은 기분이었다.

따라서 에디는 토박이 두 사람 즉, 주인장 내외가 겁에 질릴 거라고 생각했지만…천만의 말씀.

"이분은 에디 도사요." 몽롱 잭 당숙부가 에디를 소개하면서 마차에서 내려 에디 옆에 섰다. "이분을 마구간에 넣어주고 방 둘을 마련해주시오. 하나는 나와 내 착한 아내 방이고 또 하나는 말이 쓸 거요."

"잘 알아모시겠습니다, 몽롱 디킨스 씨" 하고 두개골 부인이 말했다. 몽롱 잭 당숙부하고 잘 아는 사이인 게 분명했지만 그렇다고 가족도 아니면서 그를 '몽롱 디킨스 씨'라고 부르는 것은 무례한 짓이었다. "이쪽으로 가세요…실은 여기 묵지 않으셨으면 하고 바라지만 말이에요."

두개골 부인이 당숙부와 당숙모(와 그들의 말)에게 방을 안내하는 동안 두개골 씨는 에디를 마구간으로 데려갔다.

"여기서 주무세요" 하고 그가 말했다. "짚이 많이 있으니 따뜻하고 편안할 겁니다."

"하지만 왜 제가 여기 바깥에서 자고 말이 여인숙 안에서 자죠?" 에디는 너무 불쌍하고 안돼 보이지 않기 위해 신경쓰면서 물었다.

"아마도 도사님의 당숙부께서 방을 둘 이상 빌릴 형편이 되지 않나 보죠." 여주인이 말했다. "게다가 그 양반이 완전히 몽롱하시다는 사실도 감안해야 하구요."

"지당하신 말씀이에요." 에디가 약간 떨면서 고개를 끄덕였다.

"있잖아요, 에드먼드 도사님, 도사님 당숙부께서는 돈을 내는 법이 없답니다" 하고 두개골 씨가 말을 이었다.

"그럼 왜 계속 방을 빌려주세요?" 에디가 물었다.

"뭐, 지불을 하기는 하시죠. 돈이 아니어서 탈이지." 두개골 씨는 이렇게 말하면서 들고 있던 에디의 가방을 짚더미 위에다 올려 놓았다.

"돈 없이 지불하신다고요?" 에디 디킨스는 이렇게 물으면서 가방 뚜껑을 벌컹 열어젖히고는 아무거나 손에 잡히는 옷을 끄집어 냈다. 그것은 머핀 박사가 고안한 턱끝에서 발가락까지 덮는 전신 스타킹이었는데, 검정색 털실로 거칠게 짠 것이었다. 이젠 덜 깨벗은 느낌이었다. "그럼 뭘로 지불하시죠?"

"에, 보통은 말린 생선으로 하시죠." 마차여인숙의 주인장이 설명했다. "건조대 두 판이면 2인실 1박이고, 넙치무리 반 마리면 1인실 1박이랍니다. 생선으로 지불하시라고도, 생선으로 지불할 수 있다고도 말씀드린 적이 없지만 항상 생선으로 지불을 하시죠."

"그래, 그 말린 생선 갖고 뭘 하세요?" 에디가 여행가방 위에 걸터앉아 물었다.

"도사님 아버님께 보낸답니다. 아버님께서 우리집 숙박비하고 당숙부님의 생선 지불 방식을 알고 계시기 때문에 그 생선을 돈으로 환산하여 정확한 액수를 보내주시지요."

"우리 아버질 아세요?" 에디가 흥분하여 물었다. 에디는 부모님한테서 떨어진 지 반나절밖에 안 됐지만 벌써 보고 싶었고, 평생 집을 떠난 것이 이번으로 세 번째밖에 되지 않는 까닭에 기분이 이상했다.

처음 집을 떠났던 것은 바다를 구경하러 갔을 때였다. 그건 에디가 한 살 때부터 학교 들어갈 나이가 되었을 때까지의 일이다. 두 번째는 학교에 들어갈 나이가 되었을 때부터 열 살 생일날까지였다. 그 요상한 마구간에 있는 기분이 묘한 것도 새삼스러울 것이 없는 일이다.

"아닙니다. 저는 도사님의 아버님을 직접 뵐 영광도, 특권도 누려본 적이 없습니다, 에드먼드 도사님. 우편으로 연락을 주고받습니다" 하고 두개골 씨가 말했다.

"아하!" 하고 에디가 말했다. "우리 아버지가 그렇게 자주 이상한 소포를 서재로 가져가시던 이유를 이제야 알겠군요. 어쩐지, 말린 생선 냄새가 난다고 생각했었어요." 에디의 눈이 빛났다.

"도사님 눈에서 방금 빛이 났어요." 여인숙 주인이 정말 진짜로
놀라서 말했다.

"아니, 그냥 말이 그렇다는 말이에요."

"제 생각엔 그게 인체에 전류가 흐르는 것과 관계 있는 현상인
것 같은데요" 하고 두개골 씨가 말했다.

그 시절에는 '전기'에 얽힌 신나는 일이 많았다. 전깃불, 전기
냉장고, 전기장어 같은 것이 나오기 전에는 말이다. 참참, 저기서
마지막 예는 헛소리군. 전기장어는 그 시절에도 아주 분명히 있었
으니까. 뭘로 그리 확신하느냐고? 몽롱 잭 당숙부가 마차여인숙을
떠나는 날이면 어김없이 두개골 부인에게 말린 전기장어로 팁을
주곤 했으니까. 두개골 씨의 지당하신 한마디를 들어보자. "후하
시다는 점, 그리고 완전히 몽롱하시다는 점 빼면 시체시죠."

3

펌블스누크 씨

에디가 손수건 한 장에 넋을 잃은…

에디는 잠자기에 가장 따뜻한 곳이 자기 가방 속이라는 걸 알았지
만 그 안에서도 잠시도 눈을 붙일 수 없었다. 에디 키가 가방보다
길어서 몸을 둘둘 말아야 했기 때문에 그런 건 아니고, 몽몽롱 모
드 당숙모가 10분마다 마구간에 들이닥쳐 가방 뚜껑을 열고는 그
끔찍하게 삐걱거리는 목소리로 "아직도 안 자냐?" 하고 소리를 질
러대면서 손에 들고 있는 양초의 촛농을 에디의 얼굴에다 떨궈댔

기 때문도 아니다. 그보다는 유랑극단 한떼거리가 마구간 한구석에서 연극 예행연습을 하고 있었기 때문이라고 봐야 할 것이다.

유랑극단은 시골을 돌아다니면서 남의 말 잘 믿는 시골뜨기들, 말하자면 '네' 대신에 '우~아'라고 말하는 그 동네 토박이들한테 자기네가 '공연'이라고 부르는 것을 억지로 보게 하는 이상한 사람들이었다.

유랑극단은 항상 배우 겸 연출가라고 하는 한 남자가 통솔했다. 그 배우 겸 연출가가 누구인지 보고 싶거든 떡 벌어진 어깨와 듬성듬성 이빨이 나간 은도금 지팡이, 벼락같이 울리는 우스꽝스러운 목소리—연기 겸 연출을 할 때 그의 어휘수는 언제나 22개를 넘는 법이 없었다—와 지독하게 웃기는 이름을 찾으면 된다. 배우 겸 연출을 하는 사람들을 보통 펌블스누크 씨라고 불렀는데, 펌블스누크 씨도 예외는 아니었다. 그는 마차여인숙 마구간 구석의 짚더미 위에 앉아 큰소리로 지시사항을 읊어댔다.

"우프! 우프!" 그가 말했다.

"우우우, 당신, 넝말로 내밌는 남나예요, 우리 여보." 그의 아내가 웃어제꼈다. 그의 아내한테는 'ㅈ'을 'ㄴ'으로 발음하는 것을 비롯해 아주 짜증나는 버릇이 무수히 많았다. 그게 짜증나지 않는다고 생각한다면 조금만 있어 보라. 다음 쪽으로 넘어갈 즈음이면 십중팔구 이 여자를 우리만큼이나 싫어하게 될 것이다.

"우우우, 당신은 이 니구 위를 걸어다닌 사람 눙에서 네일로 유머 넘치는 사람이에요, 우리 여보. 암만, 암만, 여부가 없니!" 하고 아내가 말을 덧붙였는데, 여기서만 해도 이 여자의 짜증나는 버릇이 세 번 넘게 나오잖나.

펌블스누크 부인은 모든 대화를 '우우우'라는 말로 시작했을 뿐더러(대개는 'ㅇ'자가 세 개 연이어 나왔다) 필요도 없는 'ㅎ'자를 말 앞에다 붙이곤 했고, 그걸로는 부족하다는 듯이 펌블스누크 씨한테 말을 할 때면 꼭 '우리 여보'라고 불렀다.

펌블스누크 부인은 이런 말버릇에 짜증낼 일이 없는 귀머거리들 **보란** 듯이 꼴불견스런 버릇을 다량으로 개발해왔다. 부인의 얼굴은 우아함이라곤 찾아볼 수 없이 새빨간 부스럼으로 뒤덮여 있었고(이건 사람들한테 얼굴이 있던 시절 이야기라는 점, 기억해두시길), 갈고리 손톱으로 역겹게도 그 부스럼을 쥐어뜯었고, 뜯어낸 살점은 옷 앞쪽에 꿰매 붙인 호주머니로 들어갔다. 또 한 가지 밥맛 없는 버릇은 부스럼을 뜯어낸 뒤에 하는 짓인데, 나한테 아무리 간절하게 빈다 해도 그걸 여기다 쓰는 일은 없을 것이다, 절대, 절대, 절대로!!!

어쩌다 펌블스누크 부인한테 이런 부스럼이 생겼는가에 관해서는 의견이 분분하다. 유랑극단의 몇몇 배우는 그녀가 남편의 '눈썹에 바르는 약'을 마시다가 그렇게 된 것이라고 믿었고, 40년 넘게 밤마다 연극용 분장을 한 결과라고 생각하는 사람들도 있었다. 하지만 그 누구도 부정하지 못할 사실은 벗겨진 살점을 수집하는 것이 우리의 상상력이 허락하는 가장 역겨운 행동이라는 점이다.

그러면 펌블스누크 씨는? 그는 세인의 주목을 얻고 있는 이번 공연 가운데 까다로운 한 장면에 대해 배우들하고 의논하느라 여념이 없었다.

"잘 기억해두거라, 내 새끼들아! 가장 자잘한 데까지 주의를 기울일 때 가장 큰 보상을 받게 된다는 사실!" 하고 그는 고함쳤다.

에디는 끙끙거렸다. 결코 잠을 잘 수 없을 것 같으니 포기하는 게 나을 것이다. 적잖이 성이 난 에디는 퀭한 눈으로 가방에서 기어나와 짚으로 뒤덮인 마당을 가로질러 연습중인 유랑극단을 구경하러 갔다.

"내가 주머니에서 손수건을 꺼내는 방법을 세심히 관찰하고 이 단순하디 단순한 동작에 새로운 의미와 생명을 불어넣도록!" 펌블스누크 씨가 단호하게 말했다. "본 손수건 연기가 어떻게 단지 하나의 몸짓 이상의 것이 되며 몸짓 그 자체에 대한 하나의 해석이 되는가를 보도록 해." 그리고는 기이하게 온몸을 부르르 떨고는 화려한 몸짓에 이어 외투 주머니에서 손수건을 한 장 꺼냈다.

모여 있던 단원들이 (어린 에디 디킨스도) 그 자리에서 박수갈채를 보냈다. 에디는 누가 그런 식으로 손수건을 꺼내는 것을 본 적이 없었다…극적이고…진땀 나는 장면이었다…에디는 그 손수건에 마음을 뺏겼다.

"우우우, 관객이 있어요, 우리 여보!" 하고 소리를 지른 펌블스누크 부인은 에디를 요모조모 뜯어보더니 마술을 중단시켰다. "여기 꼬마 신사가 한 분 계시는군요!"

펌블스누크 씨는 연극에나 나올 법한 눈빛으로 꼬마를 노려보았다. "꼬마야, 이름이 뭐지?" 하고 그가 물었다.

"예, 선생님, 에디 디킨스입니다," 하고 에디가 말했다.

바로 그 순간 몽몽롱 모드 당숙모가 촛농이 흘러내리는 양초를 들고 마구간 에디의 여행가방을 향해 뚜벅뚜벅 걸어들어왔다. 당숙모는 가방 뚜껑을 들치고는 텅 비었다는 뻔한 사실도 무시한 채 소리질렀다. "아직도 안 자냐?" 숙모는 대답을 기다리지도 않고, 어쨌거나 바로 답을 듣지 못했을 테지만, 탁 하고 뚜껑을 닫고는 마구간 바깥 깜깜한 오밤중을 향해 뚜벅뚜벅 걸어나갔다.

"우우우, 참 매력넉인 부인이뇨, 우리 여보!" 펌블스누크 부인은 에디의 당숙모가 마치 친애하는 여왕 폐하라도 되는 양 뒷모습을 지켜보더니 한숨을 내쉬었다. "너렇게 세련되고 너렇게 교양이 넘치다니 말야."

"그러게 말야." 펌블스누크 씨가 맞장구쳤다. 그러더니 돌아서서 에디한테 물었다. "디킨스 부인하고 친척이겠구나, 맞지?"

에디는 고개를 끄덕였다. 우리가 이번 일화에서 너무도 놀라운 '오 놀라워라 유랑극단'에 대해서만 주절거리다가 끝나는 게 아니냐고 우려할 독자들한테 하는 얘긴데, 걱정 마시라.

생각 없이 떨군 성냥 한 개피가 머잖아 주변의 건초와 많은 유단역배우들의 의상을 불태우는 운명이 기다리고 있으니.

이 사태가 정말로 '공연' 도중에 일어났더라도 연극은 끝까지 계속되었을 것이다. 인명 피해 따위는 아랑곳없이.

그 바닥 사람들이 절대 거스를 수 없는 대원칙이 '쇼는 계속되어야 한다'였으니까. 하지만 이건 예행연습일 뿐이었고, 그래서 늙은이 위긴스와 훨씬 더 늙은이 포스틀레스웨이트는 바싹 타 재가 되는 운명을 면하고 마차여인숙 안마당으로 달아났는데, 거기에서는 동료 단원들이 웃옷을 벗어 불꽃을 때리고 말 여물통에다 적시고를 되풀이하고 있었다.

그 와중에도 (마구간에서) 펌블스누크 부인은 부스럼 잡아뜯기를 멈추지 않았으며 그 남편은 (다음번 공연 〈아침에는 달걀 요리를!〉의 주연 배역을 위해서) 눈동자를 신사답게 굴리는 요령을 익히고 있었다.

그 야단법석 속에서 에디를 기억하는 이는 없었다.

에디는 한숨을 내쉬고는 자기 가방 속으로 기어들어가 뚜껑을 덮었다. 그리고는 날이 밝을 때까지 나오지 않았다.

4

다시 여행길에

모드 당숙모, 그 몽롱의 끝은 어디인가?

황당골목으로 가는 여정은 다음날 아침 날이 환히 밝으면서 시작되었다. 몽롱 잭 당숙부와 몽몽롱 모드 당숙모는 나란히 앉아 아침으로 명랑한 두개골 씨가 내온 매운 콩팥 요리와 달걀 여섯 개, 햄에 곁들인 포트 와인을 들었다. 에디는 여행가방 뚜껑에 앉아서 아침을 먹었다. 에디는 딱딱하게 마른 식빵 한 조각과 곰팡내 나는 치즈를 먹었다.

두개골 씨가 마구간에 음식을 들고 나타났을 때는 식빵조각이 오븐에서 갓 나와 따뜻하고 신선한 상태였고 큼지막한 치즈조각에도 곰팡이 따위는 없었다. 두개골 부인은 그걸 보더니 '극진히' ('꽤 많이' 라는 뜻으로 펌블스누크 씨가 즐겨 사용하는 말이다) 사과하고는 후닥닥 부엌으로 돌아갔다.

부인은 딱딱해진 식빵과 곰팡내 나는 치즈로 바꾸어 돌아와서 다시 한번 사과했다.

"저를 용서하셔요, 에드먼드 나으리. 제가 생각이 짧았습니다요. 저희가 손님을 친절히 모신다는 소문을 퍼뜨리시게 할 수는 없습니다요. 그랬다간 숙박자들이 늘어나 한숨 돌릴 틈도 없을 테니까요." 두개골 부인이 말했다.

"네?" 에디가 말했다. 자기 귀를 의심했다.

"생판 모르는 사람이 자기 집에서 잔다면 좋겠어요? 게다가 한 사람이 떠나나 싶으면 또 한 사람이 나타나고 그러는 걸요?" 부인이 물었다.

"하지만 그게 마차여인숙이 있는 이유 아닌가요?" 에디가 이렇게 말을 시작했지만 이내 잘리고 말았다.

"두개골 씨한테는 괜찮죠. 그이야 침대보 가는 거며 세탁이나 다림질을 할 필요가 없으니까요. 없다마다요. 그이가 하는 일은 바에 나가 백랍잔에다 에일 맥주나 들이키면서 '선생, 시간이 어찌

됐소?' 하고 소리치는 거, 그게 다라니까요."

"그럼 부인은 왜 여기서…?"

"그래서 손님들이 대접받는다는 기분을 느끼지 않기를 바라는 거랍니다. 안 그렇겠어요?" 두개골 부인이 말하면서 곰팡내 나고 쉬어터진 식빵을 여행가방 뚜껑 위에 밀어넣었다. "이걸로 감지덕지하셔요"

에디 디킨스는 접시에 길다랗게 금이 가 있는 것을 발견했다. 잔뜩 앉은 때가 여섯 달치는 될성싶었다. 이 여자, 정말로 밥맛 떨어지는 음식이 뭔 줄 아는군.

"고맙습니다." 에디는 이렇게 중얼거리면서 그 어느 때보다 혼란스러웠다. 이게 가능한 일인지는 모르겠지만, 몽롱 잭 당숙부는 아침 식사를 하고 나서도 전날보다도 더 말라 보였다. 당숙부는 당숙모가 박제 흰담비를 마차에 집어넣는 것을 거들어주고는 에디 등 뒤에서 문을 닫은 뒤 마부석으로 기어올라갔다.

두개골 씨는 말을 마차여인숙 정문으로 끌고나와 마차에다 묶었다.

"고맙소, 주인장." 몽롱 잭 당숙부가 소리쳤다. 그리고는 코트 주머니에서 마른 뱀장어를 꺼내 감사해 마지 않는 여관 주인에게 던졌다.

"아닙니다요, 나으리." 두개골 씨가 이렇게 말하면서 에디 디킨스에게 윙크했고, 에디는 마차 창문에 기대어 바깥에서 일어나는 일을 지켜보고 있었다.

에디는 두개골 씨가 이 뱀장어하고 그의 당숙부가 숙박비로 지불한 다른 건어물을 포장해서 아버지에게 보내는 모습을 머릿속으로 그려보았다.

"안녕히 가십시오, 에드먼드 나으리!" 하고 소리치는 주인의 얼굴은 밝은 미소로 빛났다. "행운을 빕니다!"

"여러분이 떠나니 속 한번 시원합니다!" 두개골 씨는 상냥하게 이 한마디를 덧붙였다.

한 번의 고삐질, 한 번의 포효와 함께 에디네 일행은 떠나갔다. 참, 그건 말이 아니라 에디의 당숙부가 낸 소리였는데, 말 선생께서는 그 이른 시각에 누구랑 대화를 하기에는 너무 졸리시대나 뭐래나.

두개골 씨 부부는 마차를 따라 달리면서 에디에게 손을 흔들며 소리쳤다.

"가면 소식 전해주세요, 에드먼드 나으리." 주인이 소리쳤다.

"가시면, 나가 죽으셔요." 아내가 소리쳤다.

"저희를 다시 찾아주세요." 주인이 소리쳤다.

"다신 오지 마셔요." 아내가 소리쳤다.

"이 길로 지나시걸랑…" 하고 주인이 말을 꺼냈다.

"멈추지 말고 곧장 가주셔요." 하고 아내가 말을 맺었다.

주거니 받거니 두 사람의 말은 마차가 속력을 높이고 두개골 씨 부부만이 뒤에 남을 때까지 계속되었다.

에디는 두개골 부인이 정말이지 자기가 귀찮은 존재라고 느끼게 만드는 탁월한 요령을 터득한 인물이라는 사실을 인정해야 했다. 그 마차여인숙에는 두 번 다시 가고 싶지 않았으니까.

"몇 시지?" 몽몽롱 모드 당숙모가 물었다. 당숙모가 그러면서 에디를 정면으로 바라보았기 때문에 에디는 당숙모가 박제 흰담비가 아니라 자기한테 물어보는 게 틀림없다고 판단했다.

"전 시계가 없는데요." 에디가 말했다.

"그럼 내 걸 빌리려무나." 당숙모는 옆자리에 놓인 작은 누비 가방을 샅샅이 뒤졌다. 그리고는 쇠줄에 매달린 은제 회중시계를 꺼냈다. "그래, 이제 몇 시냐?"

에디는 시침과 분침을 읽었다. "여덟 시 삼 분입니다." 에디는 대답을 하고 시계를 당숙모에게 돌려주었다.

당숙모는 마디진 손으로 시계를 들고 찬찬히 뜯어보았다. "이건 받을 수 없다" 하고 당숙모가 말했다. "순은이잖니." 당숙모는 시계를 귀에 갖다대고 소리를 들어보았다. "게다가 아주 값 나가는 째깍 소리구나. 요런 꼬마한테 이렇게 값진 선물을 받을 수는 없겠구나."

"하지만 당숙모님 건데요." 에디는 사실을 알려주고 싶었다.

"안 돼, 받을 수 없다." 몽몽롱 모드 당숙모가 단호하게 우겼다. "그만해둬라. 그 보물단지 시계를 남한테 주려고 하다니, 그 쭈글거리는 가엾은 네 어머니가 뭐라고 그러시겠니?"

에디는 한숨을 내쉬었지만 당숙모하고는 말싸움을 않는 게 상책이었다. 그래서 시계를 주머니에 넣었다.

"도둑이야, 도둑!" 모드 당숙모가 소리를 질렀다. 그리고는 박제 흰담비 말콤의 꼬리를 붙잡고 방망이 휘두르듯 휘둘러댔다. 박제 흰담비는 경찰봉만큼이나 딱딱하여 겁나는 무기로 돌변할 수 있다. "내 재산을 냉큼 돌려주지 못할까!"

에디는 침을 꿀꺽 삼켰다. 그리고는 주머니에서 시계를 꺼내 돌려주었다.

모드 당숙모는 입이 귀에 걸리도록 히죽거렸다. "오호, 참으로 예쁜 선물이구나. 요렇게 사려가 깊고 요렇게 예쁜 놈이 다 있을까."

말콤을 옆에 조심스레 내려놓으면서 모드 당숙모는 왼쪽으로 몸을 기울여 창문을 열고는 그 은제 회중시계를 바깥에 내던졌다. "쓸데없는 잡동사니 같으니라구" 하고 중얼거리면서.

그러자 비명이 들려왔다. 약간 어수선해진 가운데 마차가 기우뚱 멈춰섰다. 에디가 자리로부터 튕겨져 나와 (겁에 질린 채) 당숙모의 무릎 위에 거꾸로 처박혔다.

에디는 자세를 바로잡고 당숙모에게 고개 숙여 사죄했다. 마차 창문에 턱수염 난 사람이 서 있었다.

턱수염 사내는 한 손으로는 머리를 문지르면서 한 손에는 몽몽 롱 모드 당숙모의 시계를 들고 있었다.

몽롱 잭 당숙부가 마차에서 내려 사내 앞으로 성큼성큼 걸어갔다.

"왜 그런 비명을 지른 거요?" 에디의 당숙부가 물었다. "말이 놀랬잖소!"

"영감네 패거리가 웬 발사물로 날 공격해서 그랬다, 왜!" 턱수염 사내가 치밀어오르는 화를 누르지 못하고 입에 거품을 물었다.

"누가 뭘로 어쨌다고?" 잭 당숙부가 물었다.

"영감네 패거리 한 사람이 나한테 미사일을 쐈다니까!" 턱수염 사내가 설명했다. 잭 당숙부가 자기가 하는 소리를 도통 못 알아듣고 있다는 게 확실해지자 다시 설명했다. "영감님네 일행 중 한 사람이 나한테 이 시계를 던졌단 말입니다."

"오호라, 대단히 흥미롭군!" 몽롱 잭 당숙부가 말했다. 턱수염 사내가 눈 한번 깜짝 하기 전에 에디의 당숙부가 그의 손아귀에서 시계를 나꿔채더니 요리조리 뜯어보았다.

"이 시계, 필시 내 사랑하는 아내 것이군." 잭 당숙부는 생각에

잠기며 말했다. "내가 아내의 스물한 번째 생일날 선물한 것이오. 자, 새겨진 글귀를 보시오."

당숙부는 턱수염 사내의 턱밑에다 시계를 불쑥 내밀었다. 턱수염 사내는 턱수염에 엉켜버린 은시계를 떼어내 새겨진 글귀를 읽었다.

뭉드에게
2돌기념
잭

턱수염 사내가 눈살을 찌푸렸다. "방금 영감님이 부인의 스물한 살 생일 때 준 거라고 하지 않았습니까?" 사내가 물었다.

"그게 어쨌단 말이지?" 몽롱 잭 당숙부가 이렇게 되묻고는 호주머니 안에 손을 넣고 말린 생선을 주물럭거렸다.

"한마디로 거기 새긴 글은 아내의 스물한 번째 생일이 아니라 두 번째 생일을 이야기한 거요."

잭 당숙부는 턱수염 사내가 얼간이라도 된다는 양 코방귀를 내뿜었다. "'2돌'이라고 새기는 게 '21돌'이라고 새기는 것보다 더 쌌단 말이야" 하고 당숙부가 설명했다. "글자수 당 돈을 내야 하니까."

"하지만 '21'에서 '1'은 숫자지 글자가 아닙니다." 턱수염 사내가 짚어 말했다.

"그럼 내가 바가지를 쓴 게군!" 하고 몽롱 잭 당숙부가 투덜거렸다. "알려줘서 고맙소, 선생. 황당골목에 조카 녀석을 데려다놓고 나서 우리 모드한테 한 55년 전쯤 이 시계를 사줬던 상점에 가서 반 페니를 환불해달라고 요구해야겠군!"

"네에…좋아요. 하지만 그걸로는 내가 왜 시계 투척자의 과녁이 된 건지 설명이 안 되잖습니까!" 하고 턱수염 사내가 버팅겼다.

몽롱 잭 당숙부는 마차 창문에다 고개를 들이밀었다. 부리같이 생긴 그의 코가 하마터면 에디의 눈을 찌를 뻔했다.

"우리 귀염둥이, 모드?" 당숙부가 불렀다.

"오옹, 우리 복숭아꽃떨기?" 당숙모가 대답했다.

"이 신사분한테 당신이 시계를 던졌나요?"

"신사? 신사 좋아하시네!" 당숙모가 콧김을 뿜었다. "걸어당기는 턱수염 주제에!"

"그랬나요?"

"저놈을 겨냥한 게 아니었다구." 당숙모가 말했다. "자기 발로 끼어든 거지."

"그럼 얘기 끝났네." 진실을 밝혀내고 보람을 느낀 몽롱 잭 당숙부가 말했다. "내 아내가 선생을 향해서 던진 게 아니라는군요,

선생. 그저 물건을 던졌고 어쩌다 선생께서 거기 끼어든 거지요."
이 말을 마친 뒤 몽롱 잭 당숙부는 마차 꼭대기 마부석으로 기어올
라갔다.

턱수염 사내가 한 팔을 잭 당숙부 어깨에 얹었다. "얘기 아직 안
끝났죠" 하고 사내가 말했다. "여긴 공공도로고, 나는 안전하게 이
길을 걸어갈 권리가 있는 사람이라구요."

몽롱 잭 당숙부는 붙잡힌 팔을 풀어내고 마차 옆으로 기어올라
갔다. "선생 머리가 끼어들었던 거라잖아요." 잭 당숙부가 말했다.
잭 당숙부는 이 말이 마음에 들었는지 한 번 더 했다. "선생의 머
리가 끼어들었던 거라고요."

"내 총탄이 가는 길에 이 꼬마의 머리나 끼어들지 않도록 조심
시키죠." 턱수염 사내가 말했다.

턱수염 사내는 코트 자락을 열더니 연발권총을 꺼냈다. 그는 마
차의 열린 창문으로 에디의 양미간 가운데를 정조준했다.

5

총 빵빵

턱수염 사내가 턱수염 사내가 아니었다는 사실을 알게 되는…

자, 연발권총 총구가 여러분을 겨눈 적이 있었는지는 모르겠지만 그런 적이 없었다 하더라도 그게 어떤 장면일지는 상상할 수 있을 것이다.

첫째, 그건 총이다. 방아쇠를 당기면, 누군가 총알 장전하는 걸 까먹지 않았다면, 총알이 핑 하고 총신 끄트머리를 벗어나 과녁 깊숙이 가서 박힐 것이다.

과녁이 보통 과녁이라면 강렬한 '빵' 소리에 이어 '땅' 소리가 날 것이고 그러면 사람들이 우루루 달려가 총알이 정곡을 맞췄는지를 확인할 것이다.

과녁이 사람이라면 보통은 '빵' 소리와 더불어 '으아아아아아아아악!!!' 하는 비명이 들리고 이어서 그 사람이 털썩 바닥에 쓰러질 것이다. 그때 이 사람은 스파게티 소스가 옷에 뒤범벅이 된 것 같은 뽄새일 텐데, 썩 좋은 일이라고는 할 수 없으며 당신 직업이 세탁부라면 더더군다나 좋지 못한 소식이 될 것이다. 아직까지 짐작 못했을 사람을 위해 귀띔해드리는데, 총은 이 세상에서 가장 안전한 발명품이라고는 할 수 없다고.

연발권총을 설명할 때 빼놓을 수 없는 것은 연발권총이라는 이름이 붙게 된 내력이다. 거기에는 탄환을 장전하는 총포가 있다. 이건 일단 총알이 발사되면 총포가 회전하여 다음 총알이 총신에 박히면서 다음 번 발사에 대비한다는 뜻이다. 이건 은행 같은 데를 털 작정이어서 천장에다 다량의 총알을 쏴서 사람들을 바닥에 납작 엎드려 꼼짝 못하게 만들어야 할 때 매우 쓸모있다. 세상 없이 불친절한 은행 지점장이라도 머리에 천장의 석고 가루를 허옇게 뒤집어쓴 다음에는 금고를 열 때 얼마나 행복한 얼굴이 되는지 여러분은 직접 보지 않고는 믿지 못하리라.

다행히도 연발권총은 보안관이나 경찰서장 같은 사람들한테도

썩 쓸모있는 물건이다. 이 사람들이 은행 강도를 잡을작시면, 애당초 누구한테 아무런 해꼬지도 한 적 없는 무고한 천장에다 총질을 해댔다는 대가로 강도들을 감옥에 푹 가두어둔다.

어쨌거나 에디 디킨스의 시대에는 연발권총이 신발명품 중에서도 신발명품이었다. 연발권총이 나오기 전에는 대부분이 부싯돌식 발화총이었다. 그때는 마땅한 총알도 없었다. 총신에 화약을 채우고 거기다 '탄환'이라고 부르는 작은 쇠알을 집어넣고는 그저 잘 되기를 빌 수밖에 다른 도리가 없었다.

부싯돌식 발화총의 문제점은 발사를 할 때마다 새로 장전을 해야 한다는 점이었다. 그렇게 하자면 당신이 지금 겨냥하고 있는 사람이 그 사이에 당신 앞으로 다가와 나뭇가지나 뭐 손에 잡히는 아무걸로 당신 머리를 때릴 수도 있다. 이것보다 더 큰 문제는 부싯돌식 발화총이 그다지 믿음직한 물건이 못 된다는 점이었다.

물론 사람이 믿음직하지 못할 경우라도 그게 꼭 인생 끝은 아니다. 영화관 앞에서 세 시에 만나자고 약속을 해놓고 30분이 지나 나타나면 영화는 이미 시작하고 문은 잠긴 상태다. 성질은 나지만 뭐 그날만 날이냐. 그런데 부싯돌식 발화총이 믿음직하지 못할 경우에는 '그날만 날'이 될 수도 있는 것이다.

어떨 때는 부싯돌식 발화총의 방아쇠를 당겼는데 총신에서 탄환이 발사되어 적을 향해 날아가는 게 아니라 빵 하고 폭발하고 말

수도 있다. 그냥, 빵 하고 말이다.

재수가 좋은 경우라면, 친구들이 크리스마스 때 선물로 장갑을 한 켤레 대신 한 짝만 사주면 된다는 뜻이 된다. 재수가 나쁜 경우라면, 그건 다시는 귀찮게시리 모자를 사야 할 일이 없다는 뜻이기도 하다…그걸 써야 할 머리가 없어졌을 테니까.

바로 그래서 무기를 좋아하는 사람들이 연발권총이 대단히 훌륭한 발명품이었다고 생각했던 것이다. 방아쇠를 당겼을 때는 웬만한 이변이 일어나지 않는 한 겨냥당한 사람이 다친다…그래서 에디 디킨스가 아주, 아주 겁이 났던 것이다.

"선생께서 사과를 하셔야 할 것 같습니다만…" 하고 턱수염 사내가 말했다. "'미안하다' 한 마디면 됩니다. 그게 그리 큰 요구입니까?"

"미미미미안합니" 하고 에디가 말했다. 에디는 그냥 공손한 척만 한 것은 아니었다. 에디는 진심으로 유감스러웠다. 자기가 애초에 몽롱 잭 당숙부와 몽몽롱 모드 당숙모와 박제 흰담비 말콤을 쳐다보았다는 사실이 유감이었으며, 자기가 애초에 집을 떠나 황당골목으로 이 무시무시한 여행을 떠나왔다는 사실이 유감이었다. 세상에 어떤 미친 작자가 자기 집을 황당골목이라고 부르겠느냐고? 에디의 당숙부와 당숙모, 바로 이 사람들이다. 그런데 왜 에디는 놀랍지도 않은 걸까?

"대대대단히 미안합니다" 하고 에디가 말을 덧붙였다.

"꼬마야, 사과를 해야 할 사람은 네가 아니잖니" 하고 턱수염 사내가 말했다. "여기 이 신사분이 나에게 무례하게 군 거지."

에디는 이 사내에게 자기가 연발권총을 겨눴던 장본인인데 왜 자기—에디—가 아무 잘못이 없는 거냐고 묻고 싶었다…그러나 그냥 가만히 있는 게 최선이겠다 싶었다.

"그 물건 어서 못 치워, 이 덤불놈아!" 몽몽롱 모드 당숙모가 마차에서 놀라운 기세로 뛰어나오면서 호통을 쳤다.

당숙모가 사내의 턱수염을 움켜잡았고, 그러자 모두가 기절초풍하게시리, 턱수염이 당숙모 손에 딸려들어왔다. 흰담비 말콤의 표정만 요지부동이었는데, 곰곰이 생각해보면 크게 놀랄 일도 아니다.

사실은 턱수염이라고는 없던 턱수염 사내는 얼굴을 감추느라 손으로 얼굴을 덮었다. 그러자 연발권총은 더 이상 에디를 겨냥하지 않고 하늘을 향하게 되었다.

몽몽롱 모드 당숙모는, 노상강도로 돌변한 사람 다루는 걸 보니 몽몽롱한 사람이라고는 보기 어려웠는데, 박제 흰담비의 꼬리를 움켜쥐고는 머리 부분으로 사내의 다리를 내리쳤다.

이 박제 동물의 코가 사내의 무릎과 부딪치는 순간 기분 나쁘게 우두둑 소리가 났고 뒤이어 에디가 열여섯 생일날까지 생생히 기억하게 될 엄청난 비명이 들려왔다. (바로 그 생일날 이 비명을 잊게 된 연유는 위대한 그레차라고 하는 여자 최면술사하고 관련이 있으나, 그건 여기서 할 이야기가 아니다.) 턱수염 없는 턱수염 사내는 앞으로 처박혔고 연발권총과 가짜 수염은 땅바닥으로 떨어졌다.

총이 단단한 차도로 떨어지면서 방아쇠가 뒤로 짤깍 하더니 총신 끝에 작은 깃발이 내걸렸다. 깃발이 도르르 펼쳐지더니 거기에는 한마디가 써 있었다.

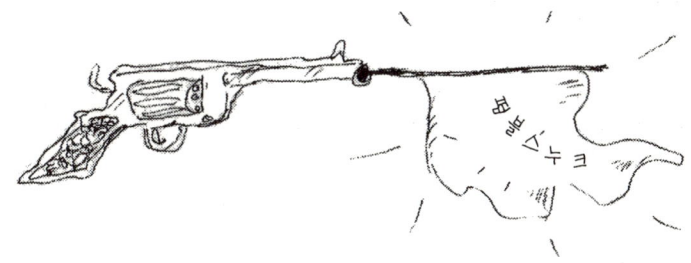

그 글자가 빵이었을 것이라고? 천만의 말씀, 그 말은 '오 놀라워라 유랑극단 배우 겸 연출가 펌블스누크'였다. 그러니 총신에 들어갈 작은 깃발에 다 적으려면 글자가 얼마나 깨알 같았을지 짐작이 가지 않는가? 그러나 그건 에디가 자기 자리에서 움직이지 않고 뚜렷이 읽을 수 있을 만큼 큼직했다.

가짜 턱수염 사내가 가짜 연발권총으로 위협을 하고 있었던 것이 아닌가! 이제 턱수염도 날아가고 흙탕물 속에서 무릎을 껴안고 떼굴떼굴 구르고 있는 사내를 보면서 에디는 이 망신당한 사내가 누군지 한눈에 알아보았다. 그는 낯선 사람이 아니라 바로 놀라워라 유랑극단의 배우 겸 연출가인 펌블스누크 씨였던 것이다.

보아하니 에디의 당숙부와 당숙모도 펌블스누크 씨를 알아본 것 같았지만 격분하지는 않았다. 두 사람의 행동은 에디가 두 사람을 따라나선 이래로 에디를 억만 번째로 놀래킨 사건이었으니까.

"오, 펌블스누크 씨, 당신, 정말로 놀랍디 놀라운 사람이군요." 낄낄거리면서 이렇게 말한 몽몽롱 모드 당숙모가 엄청난 힘으로 진흙 범벅이 된 이 사내를 일으켜세웠는데, 일으켜세우다 못해 펌블스누크 씨를 마차 옆면으로 밀어붙일 정도였다.

그러는 사이, 잭 당숙부는 몸을 굽힌 채 길에서 가짜 연발권총을 찾고 있었다. "선생, 나를 감쪽같이 속였어요." 잭 당숙부가 말했다. "선생께서 에디 녀석을 쐈다면 녀석의 짐을 어떻게 처리해야 할 것인지 궁리하고 있었는데 말이죠." 당숙부는 이 배우 겸 연출가에게 가짜 턱수염을 건넸는데, 그 속에는 잔가지 몇 가닥하고 올빼미 알껍질 조각이 들어 있었다. "어디로 가는 길이시오, 펌블스누크 씨? 태워다 드리리까?"

에디는 펄펄 뛰었다. 격분하여 김을 뿜고 있었다. 솜씨 있는 놈이 자기한테 총부리를 겨눴을 때 펄펄 뛴 게 에디뿐일까? 그놈의 총이 무대 소품에 지나지 않는 것으로 판명되었다는 사실은 문제가 되지 않는다. 에디가 느낀 공포심만 해도 실감이 나고도 남았으니까.

"대체 뭐하자는 거예요?" 에디가 물었다. "펌블스누크 씨는 대체 왜 저런 변장으로 나다니는 거예요? 나같이 가엾은 순진한 아이나 불안하게 만들면서 말이에요?"

"아가, 변장이라니?" 하고 말하는 펌블스누크 씨의 한쪽 눈썹이 대단히 연극적으로 치켜올라갔다(눈썹이 연극적이 될 수 있다면 말이다). "변장은 범죄자들이나 하는 거란다, 아가야. 간첩이나 하는 짓이지. 이건 변장이 아니랍니다, 에드먼드 나으리. 이건 의상이라고요. 맡은 인물을 연기하고 있을 뿐이라고요."

"하지만 여긴 무대가 아니잖아요." 에디는 이렇게 맞받았다가 재빨리 '선생님'이란 호칭을 붙였다.

오늘날 배우들은 셰익스피어라고 하는 어떤 극작가의 대사를 즐겨 인용하는데, 셰익스피어 연극 공연 때는 말할 것도 없거니와 시도 때도 없이 셰익스피어다. 셰익스피어의 대사 가운데 배우들이 가장 즐겨 인용하는 말, "인생은 한 편의 연극이다." 이게 세상에서 가장 뛰어난 대사라고 생각하지 않을지는 모르겠지만 이 말을 처음 사용한 게 셰익스피어였으며, 중요한 건 바로 그 점이다.

달나라에 두 번째로 발을 디딘 사람의 이름 따위를 누가 기억하겠는가? 지난 수요일 지리 시험 때 누가 두 번째로 들어왔는지 누가 기억이나 하겠는가? 그때 시험이 있었다고 누가 기억이나 하겠는가? 아니다. 셰익스피어가 이 대사를 처음으로 적어 내려간 사람이며, 이 말이 연극에 관한 것이기 때문에 배우들이 특히나 즐겨 인용하는 것이다.

방금 에디가 한 말로 되돌아가자. 펌블스누크 씨가 방금 이 말을 들었더라면 얼마나 신이 났을지 가히 짐작이 갈 것이다.

앞으로 돌아가는 게 지겨운 독자를 위하여 에디가 한 말을 상기시키기로 한다. "하지만 여기는 무대가 아니잖아요…선생님."

펌블스누크 씨의 눈이 반짝거린 것도 이상할 것 없는 일이다. 에디의 한마디가 그에게 셰익스피어를 인용할 완벽한 기회를 제공한 것이다. "이 불후의 음유시인의 말에 '온 세상이 하나의 무대'라고 하지 않았겠니, 아가야!"

에디는 감동받았다. 에디는 저 '불후의 음유시인'이 뭔지, 누군지 알 바 없었으나 적절한 인용문에는 그만 감동을 받고 만 것이다.

"훌륭한 배우라면 인물에 몰입하는 일이 중요하지" 하고 펌블스누크 씨가 설명했다. "인물은 관객과 만나기 전에 일찌감치 익혀놓는 게 중요하단다. 내가 〈우리 작은 물고기〉에서 연어 역을 준비할 때 뭐 할 일 없다고 한 달을 꼬박 목욕탕에 들어앉아 갯지렁이하고 개미알만 먹었겠어?"

펌블스누크 씨는 마차로 올라가 몽몽롱 모드 당숙모 옆자리에 앉았고, 당숙모는 원래 자기 자리로 돌아가 있었다. 말콤도 본디자리인 모드 당숙모 무릎 위로 복귀하여, 지쳤는지 꿈쩍도 않고 있었다. "선생께서 〈손발을 묶어라〉에서 유괴범 역을 준비할 때가 기억나는군요" 하고 말하는 당숙모의 목소리에는 경외심이 담겨 있었다. "성실한 프랑스 대사를 감쪽같이 속여 지하실로 데리고 들어가 거기에다 인질로 묶었던 그 솜씨는 가히 천재적이었지요! 공연이 시작되기 전에 선생께서 체포당했다는 사실이 안타까울 따름이었답니다."

"연극계로서는 크나큰 손실이었죠." 이 배우 겸 연출가는 슬프게 고개를 저으며 당숙모의 말에 동의했다.

에디는 자리에 앉아서 마차 문을 닫았다. 에디는 하릴없이 가라앉는 것 같았다. 펌블스누크 씨가 자기 당숙모와 당숙부하고 가까운 친구 사이인 게 확실한데…그렇다면…펌블스누크 씨도 못지않게 몽롱하다는 소리가 아니냐고!

6

고아원

거위가 로마제국을 구한…

모름지기 이야기란 일정한 시점에서 진행된다. 이야기꾼은, 말하자면, 이 경우에는 나, 바로 내가 그 사람인데, 일정한 방식으로 이야기를 하며 그 방식을 고수한다.

이따금씩 디킨스 씨네 목욕탕을 들여다보는 일말고는 이 이야기는 가엾은 에디를 따라다니는 시점에서 진행해왔다. 에디가 가는 데면 어디든 우리도 가는 것이다. 에디가 마차에 들어가면 우리도 따라 들어간다. 에디가 마차여인숙 마구간에서 밤을 보내면 우리도 거기서 밤을 보낸다. 에디가 가짜 연발권총의 총신을 뚫어지게 바라보고 있을 때면 우리도 에디만 거기다 혼자 놓고 도망치지 않는다….

…그러나 그 자리를 지켜왔다는 사실만 갖고 너무 자만하지는 말자. 연발권총이 진짜 총이어서 총알이라도 발사되었더라면 피철철 흘리며 쓰러질 사람은 에디지 우리가 아니지 않은가. 61쪽을 펼치는 순간 독자를 향해 총알이 발사되는 책을 쓸 수도 있었겠지만, 그랬다가는 책방이나 도서관이 무슨 난장판이 되겠는가.

아니, 중요한 사실은, 이 이야기에서 내가 '그러는 한편'이라고 말하고서 장면을 에디로부터 딴데로 돌린 적이 한 번도 없다는 것이다.

그렇게 하는 건 100퍼센트 괜찮다. 거기엔 아무 문제도 없다. 작가가 '그러는 한편'이라고 말하고 장면을 전환한 아주 훌륭한 이야기도 있지만…좋은 작가라면 절대로 하지 않을 일이 바로 느닷없이 시점을 바꾸는 것이다.

좋은 작가란 여지껏 '그러는 한편'이라는 말과 더불어 장면 전환 한 번 안 하면서 버텨놓고서 이제 와서 느닷없이 '그러는 한편' 해놓고 장면을 전환해서는 안 되는 것이다.

그러는 한편, 에디네로 돌아가 보자면, 에디네 부모는 공포에 빠져 있다. 디킨스 씨 부부가 겁을 집어먹은 이유는 별일은 아니고 그저 집에 불이 좀 붙었다는 것뿐이다.

세상을 살다보면 목조건물 2층 유리창에 넘실거리는 불꽃만큼 한산한 오후를 망쳐놓는 일도 없을 것이다. 이 일은 머핀 박사의 처방 마지막 단계, 즉 '오래된 보온병보다 더 뜨겁게 요법'의 직접적인 결과였다.

디킨스 씨 부부는 하루에 세 번 이상 침대에서 일어나지 못하도록 정해져 있었으며 특수 처방 얼음을 빨아먹어야 하고 보온병을 껴안은 채 침대에 달라붙어 있어야 했다. 이 요법이 바람직한 결과를 얻어내지 못하자 이 선량한 의사는 이들의 보온병이 충분히 뜨겁지 못했다는 결론을 내렸다.

머핀 박사는 이 문제를 해결하기 위해 이들 부부만을 위한 새로운 방법을 고안해냈다. 그것은 침대 위에서 환자와 보온병을 함께 데우는 것인데, 디킨스 씨 부부가 이 요법의 첫 실험대상이 된 것이다. 좀전에 밝혀졌다시피, 디킨스 부부가 이 요법을 시도한 유일한 사람들이 되는데, 머핀 박사의 (옳은) 추측으로는 자기가 보살피는 환자들한테 불을 지르는 방법은 의사와 환자 사이에 유대를 형성하는 데 특히 좋은 방법이라고는 보기 힘들지 않겠는가 하는 것이었다.

(그 시절에는 여의사가 없었다. 여성한테는 의사직이 허용되지 않았

던 것이다. 그건 청진기로 심장 소리를 들을 때 어떻게든 여성의 머리카락이 방해가 된다는 왕턱수염 전문의연합회의 소신과 관련이 있었다. 상당히 말도 안 되는 핑계지만 왕턱수염 전문의연합회의 이사회 임원진들이 정말로 풍부한 턱수염을 기르고 있었기 때문에 감히 토를 다는 사람은 없었다.)

어쨌거나 다시 머핀 박사와 뜨거운 보온병 요법으로 돌아가자. 머핀 박사네 부엌 찬장에는 음식의 온도를 일정하게 유지하기 위해 고안된 특수 쟁반이 있었다. 쟁반 밑에는 불꽃 크기를 조절할 수 있는 심지가 달린 액체 파라핀 버너가 세 대 있었다. 박사는 이 버너를 디킨스 씨네로 가져가 침대 밑에 놓았다.

불꽃이 매트리스를 서서히 데울 것이고 그러면 보온병이 서서히 데워질 것이며 그러고 나면 에디의 부모가 서서히 데워진다, 기본적으로는 이런 발상이었다. 물론 머핀 박사가 에디 방 침대에서 (에디는 지금 황당골목으로 가는 길이어서 이 침대가 필요없을 테니까) 첫 '실험'을 시도했을 때는 에디의 매트리스가 불꽃으로 변해버렸다.

천만다행히도 박사가 때마침 보온병을 들고 서 있던 참이어서 재빨리 보온병 마개를 열어 내용물을 매트리스에다 부은 덕분에 대화재를 진압할 수 있었다('불길 잡다'라는 말을 스무 마디로 표현한 문장이다).

에디의 부모는 불에 타는 냄새를 맡을 수 있었지만 그날 이미 세 번을 일어났기 때문에(한 번은 농장에서 새커리 씨네와 칼싸움을 하느라, 또 한 번은 근처 호수 집배를 세낸 트롤로프 씨네와 상어 낚시를 하기 위해서, 마지막 한 번은 퇴비더미 위에서 구슬프게 울고 있는 고양이한테 낡은 장화 한 짝을 던지느라, 이렇게 세 번을 일어났으니 하는 수 없이 침대에 붙어 있어야 했던 것이다.) 무슨 영문인지 알아볼 도리가 없었다. 디킨스 씨 부부가 네 번째 일어났다는 걸 알기라도 하는 날에는 머핀 박사가 노발대발했을 것이고 거기다 그 거금을 들여 치료받는 일을 거부당했을지도 모르는 일이었으니 말이다.

"아무 일 어버요?" 디킨스 부인이 소리쳤다. 이때 디킨스 씨의 입속에는 유명한 장군 모양 얼음이나 양파, 어느 쪽도 들어 있지 않았다. '아무 일 없어요?' 가 이렇게 이상한 소리로 나온 것은 디킨스 부인의 입 속에 디킨스 씨의 귀가 들어 있었기 때문이다.

손톱이 깨지거나 개미가 약간 절룩거리면서 걷는 것만 보아도 토하고 싶어지는 비위 약한 사람들은 그 귀가 아직은 디킨스 씨의 머리 옆(귀가 붙어 있어야 할 바로 그 지점)에 붙어 있다는 사실만으로도 감사해야 하리라.

디킨스 부인이 침실의 거위가 아들 방에서 나오는 연기 냄새를 맡고 소란스러운 울음소리로 위험을 알리기 직전에 잠이 들었던 것이다. 거위는 건전지로 작동하는 연기 경보기가 나오기 전에는 대단히 인기 있던 존재였다.

이 말이 미친소리로 들린다면 가서 학교 선생 혹은 모르는 게 없는 다른 부류의 사람을 하나 찾아 다음 두 질문을 물을 것을 권한다.

1. 거위떼가 정말로 경보기를 울려 기원전 387년 고대 로마제국이 카피톨 언덕을 침공한다는 사실을 경고했는가?
2. 광부들이 정말로 카나리아를 탄광 맨밑에 데리고 들어가 탄광 갱도에서 가스가 새는지 확인하는 데 사용했는가?

두 문제 모두 정답은 우렁차게 메아리치는 '예!!!'여야 했으니 디킨스 씨네 연기 경보용 거위도 그리 황당무계하기만 한 생각은 아니지 않겠는가? 사실 최초의 건전지 작동 연기 경보기는 새였다. 거위가 아니라 닭이긴 했지만. 건전지 수탉 얘기는 여러분도 들어본 적이 있으리라 믿는다.

자, 어디까지 얘기했더라? 아, 맞다. 에디의 불타는 매트리스에서 나오는 연기 때문에 거위가 꺼이꺼이 울었고, 그것 때문에 디킨스 부인이 깨어났었지…. 디킨스 부인은 말린 자두 먹는 꿈을 꾸고 있었는데, 일어나서 보니 자기 남편의 귀였던 것이다. 부인은 머핀 박사에게 전화해서 만사 무사한지 물었고 머핀 박사는 거짓말로 그렇다고 대답했다.

박사는 곧바로 요법을 개선했다. 그는 세 파라핀 버너의 불꽃이 찬장 위 음식을 태우지 않도록 하려면 금속 쟁반을 가열하고 그 다음으로 내갈 음식 접시를 가열하고 그런 다음에 음식을 가열하면 된다는 사실을 발견했다.

그래서 박사는 에디의 부모를 침대 밖으로 나가게 한 뒤 손목과 발목을 한데 묶더라도 똑바로 앉을 수밖에 없도록 고안된 의자 31 종 가운데 하나에 골라 앉혔다. (에디가 집을 떠날 즈음에는 32종이었지만 굶주린 나무좀이 하나를 모조리 먹어치웠다. 아마도 되게 배가 고팠던 모양인데, 에디가 떠난 지 하룻밤밖에 되지 않았으니 말이다.)

디킨스 씨 부부가 의자에 앉아 있는 동안 머핀 박사는 매트리스를 접어 부엌 밑에서 찾아낸 다량의 쟁반과 접시를 침대 스프링 위에 얹었다. 그리고는 매트리스를 사기 그릇이 사각거리는 곳에다 갖다두었다. 그는 침대 밑에 파라핀 버너 세 대를 놓고 심지를 최대한 크게 키워 누렇게 떠서 쭈글거리는 두 환자를 침대로 다시 불러들였다.

"이렇게 하면 아늑하고 따뜻할 겁니다" 하고 머핀 박사가 말했다. "두 분 다 아침까지 꼼짝 말고 여기 계셔야 합니다. 화장실 볼일이 아니거든 어떤 상황에서도 침대에서 일어나면 안 돼요. 자, 그럼 안녕히들 계세요."

이렇게 인사가 끝나자마자 머핀 박사는 침실을 나가 시커멓게 그을은 매트리스가 아직까지 연기를 피워올리고 있는 에디의 방을 지나 아래층으로 내려가 집을 나섰다. 10분도 채 지나지 않아서 디킨스 씨네 매트리스에 불이 붙었다.

"이렇게 되는 게 정상일지도 모르잖아요." 디킨스 부인이 약간 걱정스러운 목소리로 말했다.

"설마 그럴 리가 있겠소." 파자마 왼쪽 다리 쪽에 불이 막 옮겨 붙은 디킨스 씨가 말했다.

"이제 뭘 어떡해야 되죠?" 하고 묻는 디킨스 부인의 잠자리 모자 끄트머리의 반짝이가 크리스마스 나무의 황금 지팡이처럼 반짝거렸다.

"하긴 뭘 하겠소? 그냥 가만 있는 거지. 의사 선생님께서 우리더러 어떤 상황에서도 일어나지 말라고 당부하지 않으셨소?" 디킨스 씨가 말했다. 그는 의사의 지시라면 철저히 따라야 한다고 교육받아온 사람이다.

"어떤 상황에서도! 단, 화장실 볼일은 제외하고 말이죠." 디킨스 부인이 남편에게 이 점을 상기시켰다.

"그럼 우리 화장실 갑시다!" 디킨스 씨가 외쳤다.

"좋았어요!" 디킨스 부인이 답했다. 두 사람은 종이 침대가 송두리째 아주 예쁜 오렌지빛 불꽃 위로 자빠지기 단 몇 초 전에 침대에서 튀어나왔다.

화장실에 가보니—착한 디킨스 부부는 실제로 화장실을 가지 않으면 의사 선생님한테 거짓말하는 게 된다고 생각한 것이다—거기도 불이 붙고 있었다. 계단이며 침실이며 에디의 침실이며 지붕과 위층의 거의 모든 것이 불꽃에 휩싸여 있었다.

"아이고 세상에" 하고 디킨스 부인이 말했다. "이제 어쩌나?"

두 사람은 겁이나 먹자고 했다. 이런 상황이면 전적으로 용납되는 행동인 것이, 이것말고 달리 뾰족한 수가 없기 때문이다. 한편거위는 창문 밖으로 날아가 실컷 울어제꼈다.

　'한편' 소리가 나와서 말인데―앞서 내가 말했던 걸 기억하실
는지―한편 에디는 쇠테 침대에 앉아 성 호리드의 은혜를 아는 고
아들의 집이라고 하는, 거대한 감옥같이 생긴 건물의 축축한 독방
금속 침대 끄트머리에 앉아 있었다.

　어머니의 말이 씨가 된 것이다. 에디가 몽롱 잭 당숙부와 떠나
기 직전에 어머니가 당부하셨던 내용 그대로였다. "달아난 고아
소년으로 오인당해 고아원에 잡혀가서 학대와 고통과 비참에 시
달리는 신세가 되지 않도록 아주 조심해야 한다"고 어머니가 말했
었다.

그리고 지금 여기서 에디는….

정말로 열받는 건 에디가 어쩌다 그리로 들어간 건지 알 수가 없다는 점이다. 우리가 '그러는 한편 집에서 에디의 부모님은' 얘기에 정신이 팔린 나머지 줄거리를 놓쳤던 것이다. 어쩌면 에디가 어쩌다 하느님께 버림받은 이런 곳으로 흘러든 건지 결코 알아낼 수 없을지도 모른다. 다음 편 이야기에서나 알게 되려나….

에디의 부모님이 불타는 집 화장실에 갇힌 사이 우리는 독방에서 겁에 질린 채 앉아 있는 에디를 혼자 내버려두고 떠나야 한다.

때로는 인생이 정말로 가혹해지기도 한다.

7

도망쳐!

우리가 마침내 가엾은 에디한테로 돌아간…

"여보, 디킨스 선생!" 디킨스 부인이 소리쳤다. "이제 우린 뭘 해야 하죠?"

"뭘 한다고, 디킨스 여사?" 남편이 말했다. "그야 물론 불에 타 죽는 거지."

"이게 머핀 박사님의 의도였을까요?" 디킨스 부인이 잠옷 밑단에서 날름거리는 주황빛 불꽃을 두드려 잡으면서 물었다.

"글쎄, 불에 타 바삭거리는 것이 우리 이 지독한 병에 가장 확실한 치료법은 되겠지." 에디의 아버지가 짚어 말했다.

이 대화를 엿들은 사람이라면 누구든 이 사람들이 방금 전에 끔찍한 공포 상태에 빠져 있던 바로 그 사람들이라는 사실을 짐작하지 못할 것이다.

이 대화를 엿들은 사람이라면 누구든 또, 엄청 더웠을 것이다. 에디의 부모님이 갑자기 그렇게 느긋해진 이유는 그들이 목욕탕으로 갔기 때문이고, 목욕탕에 머핀 박사 특허 항공포제가 든 알약병이 있었기 때문이다. 이 알약을 한줌씩 집어먹었던 것이다.

이 대화를 엿들은 사람이라면 누구든 또 엄청 더웠을 이유는 그목욕탕이 이제 불길에 휩싸였기 때문이다.

디킨스 씨네 경보용 거위는 한편, 제일 가까운 집—새커리 씨네가 소유한 농장—으로 날아가서 그 집안 경보 거위한테 그간에 있었던 일을 말하느라 정신없이 분주했다.

그 두 마리 거위의 대화를 대략 번역해보면 이렇다.

새커리 거위 : 머틀, 잔뜩 그을린 냄새가 나는데?
디킨스 거위 : 놀랄 얘기도 아니야, 애그니스. 디킨스 씨네
　　　　　　　집이 불길에 휩싸였거든.
새커리 거위 : 저런.

디킨스 거위 : 그게게, 안타까운 일이지 뭐야.

안타깝게도 (당시 이들 거위 옆에 앉아 있던) 새커리 씨네 딸이 들은 얘기라고는 이게 다였다.

새커리 거위 : 꺼이꺼이꺼이꺼이, 꺼이.
디킨스 거위 : 꺼이꺼이, 꺼이. 꺼이꺼이꺼이꺼이꺼이꺼이꺼이.
새커리 거위 : 꺼이꺼이.
디킨스 거위 : 꺼이. 꺼이꺼이꺼이.

설사 이 두 거위가 하는 말을 낱낱이 다 알아들었다 하더라도 불타는 집에 갇힌 가엾은 디킨스 부부한테는 별다른 도움이 되지 않았을 것이다. 샬롯 새커리는 첫돌도 안 지난 갓난아기였지만 '구우'에서 '가아'에다 '꺽'까지, 다양한 소리를 낼 줄 알았다. 그러나 샬롯을 끔찍히 사랑하는 부모님은 샬롯의 말을 단 한마디도 알아들을 수 없었다.

하지만 에디의 부모님한테는 다행한 것이 도움의 손길이 가까이에 있었다. 저기 앞 14쪽에서 일어났던 일을 기억하는 사람이라면 디킨스 씨네 계단 밑 찬장에 웅얼이 제인

이 살고 있었다는 사실을 생각해낼 수 있을 것이다.

웅얼이 제인은 침실관리교육 8주 과정 수료 시험에 떨어져 공인 가정부 자격증을 따지 못했다는 수치심에 평생 캄캄한 곳에서 살고 있다. 웅얼이 제인은 계단 밑 은신처에서 한 번도 나온 적이 없다. 음식은 바닥과 문틈 사이 갈라진 구멍으로 투입된다. 제인이 어떻게 씻고 화장실에 가고 하는지를 정말로 알고 싶다면 내가 아주 복잡하고 상세한 도표를 그려줘야 하는데 그러려면 큰돈을 내야 할 것이다.

집안에 유일한 다른 사람은 (물론 에디의 부모님을 제외하면) 디킨스 씨네 집사인 도킨스였는데, 그는 부엌 (박엽지가 잔뜩 들어 있는) 바구니 속에 살았다. 도킨스 얘기도 앞에서 하기는 했지만 처음 등장한 곳이 몇 쪽인지 모르겠다. 내가 기억하는 것은 디킨스 씨네 식구가 종종 도킨스의 이름을 기억하지 못하고 '대프니' 라고 부른다는 사실뿐이다.

도킨스의 업무 중에는 웅얼이 제인에게 밥 주는 일도 있었다. 도킨스는 복도를 지나 계단 밑 찬장으로 가다가 2층 전체가 불이 붙은 것을 보았다.

도킨스는 자신의 안전에 대해서는 조금도 생각지 않고서 정확히 자기가 뭘 해야 하는지부터 생각했다. 그는 부엌으로 도로 뛰어들어가 바구니에서 박엽지를 꺼냈다.

그는 박엽지 뭉치를 품에 안고서 바깥으로 달려나가 나무 옆에 놓은 뒤 벽돌 반 장으로 그것을 눌러놓았다. 이 일을 제법 잘해냈다는 데 뿌듯해진 도킨스는 안으로 돌아가 웅얼이 제인이나 주인 나으리 부부한테 자기 도움이 필요한지 봐야겠다고 생각했다.

"사람 살려요!" 디킨스 씨가 위층에서 소리쳤다.

"사람 살려요!" 디킨스 부인이 위층에서 비명을 질렀다.

"저한테 그러시는 겁니까?" 도킨스가 소리쳤다.

"우구아네 마아는 언가, 오힌스?" 머핀 박사가 발명한 특허 항공포제를 막 한줌 집어삼킨 디킨스 부인이 소리쳤다.

도킨스는 디킨스 부인이 입에 먹을 걸 한가득 넣고 말하는 데 익숙해서 방금 한 말이 '누구한테 말하는 건가, 도킨스?'라고 바로 알아들을 수 있었다.

"거야 물론 안주인님과 주인 나으리한테죠!" 이렇게 소리쳐 대답한 도킨스는 계단통에서 연기가 소용돌이치는 바람에 기침을 해댔다.

"안 그래도 우린 자네까지 포함하여 우리 소리를 들을 수 있는 누구한테든 좀 살려달라고 도움을 청하던 참이었다네, 대프니!" 디킨스 씨가 소리질렀다. "자네가 빨리 손을 써주지 않으면 내 아내나 나는 이 일곱 번째 이야기가 끝나기 전에 죽고 말 거야."

"뭐가 끝나기 전이라고요, 주인님?" 하고 집사가 소리쳤는데,

그는 자기가 어떤 이야기책의 등장인물이라고는 꿈에도 생각지 못하고 있다.

"아냐, 됐네, 도킨스," 하고 에디 디킨스의 어머니가 날카롭게 외쳤다. (또렷한 목소리를 들어 알겠지만 그녀는 지금 막 약을 먹은 참이었다.) "어서 우리를 구해주기나 하라고, 알겠나?"

도킨스는 자기가 이 사람들을 구해낼 방법만 생각할 수 있다면 그건 진짜로 훌륭한 생각일 거라고 생각했다. 발목깨에서 무슨 웅얼거리는 소리가 들려 내려다 보니 웅얼이 제인이었다. 웅얼이 제인이 너무 작아서 발목 높이까지밖에 안 오는 건 아니었다(그런 일은 있을 수 없겠지). 제인이 (에디 이외에) 우리가 이 모험담에서 만난 사람들 가운데 가장 민감한 사람일 뿐이다. 제인은 뜨거운 기운이 올라온다는 것을 느꼈고, 이럴 때 질식해 죽지 않으려면 물 적신 수건으로 얼굴을 덮고 바닥에 납작 엎드려야 한다는 것을 알았다.

웅얼이 제인은 바닥에 엎드려 있었지만 수건이 없었기 때문에 털실로 짠 사다리를 사용하고 있었다.

디킨스 씨네 계단 밑 찬장에 살아온 세월 동안 제인은 매일 최소한 11시간 36분을 뜨개질해왔다. 처음엔 목도리, 다구 덮개, 방울 달린 털모자 등 유용한 온갖 물건이었지만 시간이 흐르면서 제인은 점점 과감해져서 벽난로에서 사다리까지 닥치는 대로 짜 나갔다.

도킨스는 털실 사다리를 보고는 "이걸 잠깐 쓸 수 있을까요" 말할 짬도 없이 웅얼이 제인의 손아귀에서 나꿔챘다.

이것은 도킨스가 타고 올라가 디킨스 씨 부부를 구할 만한 물건이 아니었다. 너무 쭈글거려서 위층 어디다 단단히 고정시켜야 이용할 수 있는 물건…이지만 어찌어찌해서 이 털실 사다리를 타고 올라가기만 한다면 디킨스 씨 부부가 그걸 어디 묵중한 데다 잡아 묶고 다른 쪽 끝을 창밖으로 내던질 수 있고 그러면 그걸 타고 내려가면 된다…고 도킨스는 생각했다.

"제가 계략을 짰습니다!" 도킨스가 외쳤다.

"지금은 삶은 계란이 될 시간이 아니라고!" 디킨스 부인이 외쳤다.

"'계략'이라 그랬지, '계란'이라고 그런 게 아니야" 하고 디킨스 씨가 말했다.

"무슨 계략인가?" 하고 디킨스 부인이 외쳤다. 부인은 방금 날아가는 불씨에 눈썹을 그을린 참이었다.

집사의 말을 잘못 들은 디킨스 부인의 대답을 공교롭게도 이번에는 도킨스가 잘못 들었다. 도킨스는 디킨스 부인이 '지금은 삶은 계란이 될 시간이야'라고 말했다고 생각했다. 디킨스 씨 부부의 지시사항에 단 한 번도 이의를 제기해본 적 없는 대단히 충복스러운 집사 도킨스는 구출작전을 실행하는 대신 부엌으로 달려들어가 감칠맛 나는 계란 간식을 준비했다.

한편, 웅얼이 제인은 웅얼거리면서(웅얼이가 웅얼거리는 게 당연한 노릇이지, 쫑알거리지 않는다고 투덜거릴 사람은 없으렷다?) 안전하게 복도 바닥을 기어가고 있었다. 2층의 한 부분이 가장 신속한 경로를 통해 아래층에 합류하고 있었는데, 아주 높은 데서 떨어진 커다란 불덩어리의 소행이다.

디킨스 씨든 디킨스 부인이든 다음 여덟 단락에다 서술할 마땅한 계획을 생각해내지 못한다면 여기서 살아나올 길은 없다…그리고 그렇게 되면 에디가 성 호리드의 은혜를 아는 고아들의 집에 있는 것도 무슨 지독한 실수 탓이 아니라 아주 제대로 찾아간 셈이 된다.

디킨스 부인한테 묘안이 떠오른 것은 바로 그때였다. 대략 16년 만에 한 번씩 일어나는 일이었으니, 아직도 3년은 더 기다려야 했던 일이다. 그런데 다행하게도 이렇게 앞당겨 하나가 떠올랐던 것이다. "그 마녀야!" 하고 부인이 소리쳤다.

"그 뭐라고?"

"날 따라와요!" 에디의 어머니는 이렇게 소리치고는 불길에 휩싸인 채 층계참으로 달려갔다. 디킨스 씨가 아내를 따라서 침실로 들어갔다. 한귀퉁이에 돌돌 말아놓은 홑이불이 있었다. 앞전에 사랑하는 아들 에디와 몽롱 잭 당숙부, 모드 당숙모를 배웅하느라 침대를 창밖에 내놓을 때 밧줄 대용으로 사용했던 바로 그 홑이불이었다.

이 홑이불들이 주변의 다른 물건들마냥 불에 바싹 타버리지 않은 이유는 물에 흠뻑 젖어 있었기 때문이다. 에디가 탄 마차가 시야에서 사라져가는 모습을 바라보던 그날, 비가 억수같이 쏟아부었던 것이다. 도킨스가 주인 부부를 방안에다 감아 올려놓고 새 갈색종이를 주었을 즈음이면 이들을 말아올리는 데 사용한 똘똘 만 젖은 종이는 까마득히 잊혀진 채 한귀퉁이에 버려지게 된다.

젖었던 홑이불도 불길의 열 때문에 거의 말라 이제는 물기가 쉬쉭거리면서 김으로 변하고 있다.

디킨스 부인은 홑이불을 움켜쥐고 한쪽 끝을 제일 가까이 있는 묵직한 물건 가운데 불 붙지 않은 것에다 묶었다. 디킨스 씨한테는 안 된 일이지만, 그건 바로 디킨스 씨 자신이었고 그래서 디킨스 씨는 거기서 빠져나오느라 안간힘을 써야 했다. 디킨스 씨는 그 홑이불을 다시 침대에서 살아남은 유일한 물건인 철제 뼈대에다 묶었다. 침대 뼈대가 아주 뜨거웠던 탓에 디킨스 씨는 손가락을 데었지만 살점이 떨어져나갈 정도까지는 아니었다.

한편, 디킨스 부인은 묶은 홑이불의 다른 끝을 창밖으로 던졌다.

"어서 가!" 남편이 다급하게 소리치자 디킨스 부인은 집밖으로 기어내려갔다. 무사히.

이제 에디의 아버지 차례였다. 에디 아버지는 높은 데라면 어디든 무서워하는 분이었는데, 심지어는 꽃발만 디뎌도 현기증을 느

낄 정도였다. 한번은 책꽂이 꼭대기칸에 있는 책을 꺼내려고 의자 위에 올라갔다가 철학자 한떼거리로부터 내려오라는 충고를 들었고 결국에는 소방부대가 와서 바닥으로 끌어내렸다. 디킨스 씨가 높은 데보다 더 무서워하는 몇 안 되는 것이 불이기는 했지만. 그래서 그는 여러분이 '이제 누렁이 황소가 어떻게' 라는 말을 끝마치기도 전에 무시무시한 속력으로 창밖으로 기어나왔는데, 나는 대체나 세상에 이런 말을 하고 싶어하는 사람이 있다면 되게 이상할 거라고 생각해왔다.

아무튼 그리하여, 디킨스 씨 부부는 머핀 박사 요법의 직접적인 결과로 발생한 화재로부터 빠져나왔다. (더러는 대프니라고도 부르는) 도킨스한테는 안 된 일이지만, 그는 재수가 없었다. 그는 순전히 오해로 잘못 구웠던 계란과자를 들고 주인님 부부를 구해내려 애쓰다가 그만 불길 때문에 정원으로 되돌아가야 했다. 거기서 그는 자기가 애지중지해오던 박엽지가 공기 속을 떠다니던 불씨에 옮겨붙어 한줌의 재가 되었다는 사실을 알았다. 그는 이 비참한 광경에 눈물을 터뜨렸다.

웅얼이 제인도 재수없기는 마찬가지였다. 그 오랜 세월 하고한 날을 하루 11시간 36분씩 뜨개질해온 것이 불에 타 없어진 것이다. 불행 중 다행으로 삶은 계란 덮개의 왼쪽 상단만큼은 무사했는데, 웅얼이 제인은 죽을 때까지 이것을 목에 두르고 살아가게 된다.

"살았다!" 디킨스 부인이 말했다.

"이게 다 우리 예쁜 당신 계략 덕분이지." 디킨스 씨가 말했다.

"하지만 머핀 박사 덕분은 절대 아니라고!" 하고 말하면서 디킨스 부인은 치료를 시작한 이래 처음으로 그 의사에 대해 미심쩍은 생각이 들기 시작했다.

에디의 아버지는 에디 어머니의 말에 찬동하려다가 자기 아내한테서 뭔가 달라진 것을 느꼈다. 처음에는 그저 얼굴에 범벅이 되어 있는 숯검댕이라고 여겼지만 '밧줄' 끄트머리에서 펄럭거리고 있는 젖은 홑이불로 문질러 닦아내고 보니, 그게 아니었다.

"당신, 이제 누렇지 않아!" 디킨스 씨는 숨이 막혀 소리쳤다.

디킨스 부인은 두 손으로 디킨스 씨의 머리를 만져보았다. "당신은 이제 *끄트머리*가 쭈글거리지 않고요!" 디킨스 부인이 놀라워하며 말했다.

두 사람은 공기를 깊이 들이마셨다. 그건 불타는 집과 가구 냄새였다.

"게다가 우리한테 더 이상 오래된 보온병 냄새도 안 나고!" 두 사람은 일심동체가 되어 외쳤다.

"우리가 나은 거야!" 디킨스 씨는 아내의 손을 잡고 작은 동그라미를 그리며 덩실덩실 춤을 추었다.

"머핀 박사는 대단한 천재시다!" 디킨스 부인이 선언했다. "그런 분을 의심했다니…."

그 순간 흉측한 소리가 일더니 집채가 목재와 벽돌더미로 변해 무너졌는데 그저 거대한 한 가닥 횃불 같았다.

"한판 축하를 해야겠는 걸!" 하고 디킨스 씨가 말했다. "생각해봐. 이제 우리가 다 나았으니 사이먼이 황당골목에 남아 있어야 할 이유가 없어진 거라구."

"조너선 말이지?" 하고 남편이 말했는데, 그건 둘 다 에디를 말하는 거였다. 여러분은 두 사람 다 아들 이름을 기억하는 데 대단히 빼어난 사람들은 못 되었다는 사실, 아마도 기억하시리라.

"아가, 우리가 곧 몽롱 잭 아주버님께 너를 집으로 돌려보내라는 전갈을 보내마!" 디킨스 부인의 얼굴에는 미소가 떠올랐다.

디킨스 부인이나 디킨스 씨나 귀염둥이 아들이 황당골목은 근처도 못 가보고 성 호리드의 은혜를 아는 고아들의 집에서 고초를 겪고 있으리라는 사실은 꿈에도 생각지 못하고 있었다.

자, 여러분도 '고초를 겪는다'는 게 무슨 뜻인지 잘 모르고 나도 '고초를 겪는다'는 게 무슨 뜻인지 잘 모르지만 하여튼 책에 감방이나 고아원 이야기가 나오면 꼭 나오는 표현인즉…이것은 책이고 우리의 가엾은 에디가 고아원에 있으니 에디는 '고초를 겪고' 있을 수밖에 없는 것이다. 미안하지만, 그런 게 세상 이치 아니겠는가.

에디의 고아원 감방, 아차, 죄송, 방에는 책이 한 권 있었다. 앞
장에 커다란 금박 글자로 두 마디 '좋은'과 '책'이 써 있었는데,
이걸 한데 붙여놓으면 '책 좋은'이다. 그걸 제순서대로 붙이면 '좋
은 책'인데, 내가 애초에 그렇게 썼어야 옳았겠지?

그러니까 이것이 에디의 탈출을 도와주게 될 바로 그 책이지만
그건 다음 편에나 일어날 일이고…우리는 애초에 에디가 어쩌다
성 호리드의 은혜를 아는 고아들의 집에 갇히게 되었는지부터 알
아내야 할 것이다.

8

사이좋게 지내렴!

초콜릿이 알고 보니 쥐똥인…

만사가 꼬이기 시작한 건 배우 겸 연출가 펌블스누크 씨가 에디와 몽몽룽 모드 당숙모네 마차에 올라탄 뒤부터였다. 물론 그 일행 중에 박제 흰담비 말콤이 있다는 사실도 잊어서는 안 되겠지.

하기사 누가 말콤을 잊어버리랴? 누가 뭐래도 에디만큼은 절대 아니다. 왜냐, 흰담비의 주둥이가 에디의 귀에 끼겨 있었기 때문이다.

"어쩌자고 여기 이렇게 한데 짜부라져 있어야 하는 거예요?"
에디가 물었다. 에디는 펌블스누크 씨가 악한을 가장하고 그에게
연발권총을 들이밀었던 일 때문에 여전히 화가 나 있었다. "우리
중 누구 하나가 다른 자리에 앉으면 안 되는 건가요?"

정당한 문제제기였다. 셋이 (거기다 흰담비까지) 자리 하나에 뒤
엉겨 앉아 있었고, 맞은편 자리는 공! 석! 다시 쓰면, '빈자리' 였
으니 말이다.

"내가 좌석 배치 책임자니 내 말대로 이렇게 앉는 거다!" 몽몽
롱 모드 당숙모가 고함을 질렀다.

"부인께서 좌석 배치를 위한 젊은 여성학교 여름학기를 다니지
않으셨던가요?" 하고 펌블스누크 씨가 물었는데, 이 말이 에디한
테는 그저 당숙모한테 잘 보이려는 수작같이만 보였다.

"어쩜 그렇게 옳은 말씀만 골라 하신다니까." 몽롱 모드 당숙모
는 선웃음을 치면서 어린 여학생마냥 얼굴이 빨개졌는데 그러니
까 (연세와 주름살과 더불어) 마치 덜 익은 자두같이 보였다. "사실,
좌석 배치를 위한 젊은 여성학교 여름학기는 다닌 적이 없답니
다…내 좌석 배치 지식은 본능적이죠. 타고난 재능이라니까요!"

"하지만 이건 말도 안 돼요!" 이렇게 말한 순간 가엾은 에디의
갈빗대에 당숙모의 팔꿈치가 꾹 박혔다.

"조용해!" 몽롱 모드 당숙모가 소리를 질렀다. "내 어릴 적엔 어

뗐는 줄 알아? 애들은 눈에 띄어서도 소리를 내서도 안 됐어!"

"내 젊은 시절엔 말이죠" 하고 배우 겸 연출가가 입을 열었다. 이 인물은, 여러분도 기억이 나실 테지만, 사람들이 잘 사용하지 않는 길다란 문장을 구사하던 바로 그 사람이다. "…내 젊은 시절엔 애들은 눈에 띄어서도 소리를 내서도 안 됐답니다."

"그저 냄새나 풍겼다, 이 말씀이죠?" 몽롱 모드 당숙모가 물었다.

에디가 느끼기에는 펌블스누크 씨가 '그저 냄새나 풍겼다'고 말할 참은 아닌 게 분명했지만, 어쨌거나 펌블스누크 씨는 그런 말을 하기에는 너무 고상한 사람이었다.

"애들이란 눈에 띄어서도 소리를 내서도 안 됐고 그저 냄새나 풍겼다니까!" 몽롱 모드 당숙모가 외쳤다. "양파루다 문질러 갖고는 그저 냄새나 풍긴 거지!"

양파 얘기가 나오니까 에디는 최근 들어 껍질 깐 양파를 입에 물고서 얼굴을 낫게 하기 위해 노력하던 그리운 어머니가 생각났다. 아마 짐작하셨겠지만, 이 또한 머핀 박사의 요법 가운데 하나였다. 에디는 한숨을 내쉬었다.

"슬퍼하지 말거라, 꼬마야" 하고 배우 겸 연출가가 말했다. "우리가 함께하게 된 이 수십 킬로미터, 수십 시간을 활용해서 네 안에 비극배우가 될 잠재력이 있는가를 보는 거야!."

에디는 그를 멍하니 쳐다보았다.

"시간도 있겠다, 어디 네가 연기를 할 수 있을지 한번 보자꾸나." 몽롱 모드 당숙모가 말했다. 이것이 에디가 당숙모를 알게 된 얼마 안 되는 짧은 시간 동안 그녀가 한 일 가운데 가장 상식적인 말이었다. 그래서 에디는 오히려 어안이 벙벙했다. 놀라기는 몽몽롱 모드 당숙모도 마찬가지였다. 자기 입에서 상식적인 말이 나오다니….

"제가요? 연기를요?" 에디가 말했다. 뭔가 신나는 자극이 발바닥에서 느껴지기 시작했다. 어쩌면 그냥 까끌까끌한 양말을 신어서 그런 건지도 모르지만.

"그래 꼬마야, 내 말이 바로 그 말이지. 너한테 재능이 있는지 어쩐지 확인을 해보자꾸나" 하고 펌블스누크 씨가 말했다. "이 아리따운 부인의 시계에 얻어맞았을 때 내 연기에서 봤던 것처럼 말이다." 이렇게 말한 펌블스누크 씨는 몽몽롱 모드 당숙모 쪽을 향해 고개를 끄덕이다가 당숙모와 뺨이 부딪쳤는데, 이는 세 사람이 꽁꽁 뭉쳐 있었던 까닭이다. "중요한 건 어떤 일이 생기더라도 인물 안에 있어야 한다는 점이다."

"인물 안에 있다니요?" 에디가 물었다.

"자기가 그리고자 하는 인물의 성격이 된다는 거지." 펌블스누크 씨가 설명했다.

에디는 여전히 이해가 가지 않았지만 모드 당숙모의 설명으로 비로소 이해할 수 있었다. "일단 어떤 인물을 연기하기 시작하면 어느 누구도 너를 방해하지 못하게 하는 거라고."

에디는 단 몇 분 안에 두 번째로 어안이 벙벙해졌다. 모드 당숙모가 계속해서 이렇게 도움이 되다가는 당숙모의 이름을 '가끔씩만 몽롱한 모드 당숙모'라고 고쳐불러야 할 판이었다. 당숙모한테 대체 뭔 일이 생긴 건가?

"연기란 어떤 인물인 척하는 것, 그 이상의 것이란다" 하고 이 배우 겸 연출가가 힘주어 말했다. "하지만 본질적으로 일단 그 인물이 되고 나면, 방금 이 우아한 여왕마마께서 넌지시 알려주셨듯이, 어느 누구도 너를 방해하지 못하게 해야 한다."

에디는 자기 당숙모를 '우아한 여왕마마'라고 부르는 사람이 있다는 사실에 터지려는 웃음을 가까스로 참았다.

그 순간, "우우~섰거라" 하는 몽롱 잭 당숙부의 외침소리가 들리더니 마차가 멈춰섰다. 마부석에서 황급히 내려서는 소리가 났고 그리고는 뾰족하디 뾰족한 코가 마차 창문에 나타났다.

"자연의 외침이…" 하고 삼촌이 말했다.

"아무 소리도 못 들었는데" 하고 몽몽롱 모드 당숙모가 말했다. "뭐였는데요? 올빼미?"

"아니, 여보, 내 말은…"

"누구 올빼미 소리 들은 사람?" 몽몽롱 모드 당숙모는 이렇게 물으면서 먼저 에디에게 고개를 돌리다가 말콤의 코로 얼굴을 쳤고 그리고는 펌블스누크 씨에게 고개를 돌리다가 이번엔 말콤의 꼬리로 펌블스누크 씨를 쳤다.

"아뇨," 하고 에디가 코피를 막으면서 말했다.

"소쩍도, 쿠쩍도 아닙니다, 부인." 펌블스누크 씨는 이렇게 말하고는 자기 무릎 위에 떨어진 이빨 한 개를 찾아보았다.

"그럼 오소리의 외침인가?" 모드 당숙모가 물었다. 펌블스누크 씨와 에디, 모두 당숙모가 또 박제 흰담비를 든 채 몸을 돌릴 경우를 대비하여 잔뜩 긴장했다. 이 부인이 누구한테 또 무슨 부상을 입힐지 뉘라서 알겠는가!

"아냐, 여보! 자연의 외침이란, 그러니까 내가…저…뭣이냐…" 몽롱 잭 당숙부의 얼굴이 새빨개졌다. 너무나 갸름한 그 면상에 무슨 색깔이 변할 자리나 있겠느냐고 생각들 하시겠지만….

"올빼미도 아니래지, 오소리도 아니래지, 당신 설마 '식빵 약간에 치즈는 말고'라고 중얼거리는 것 같은 저 따분한 새를 말하는 건 아니겠죠? 설마 저런 흔해빠진 소리나 듣자고 마차를 멈춰세우지는 않았겠죠?" 아내가 따지듯 물었다.

몽롱 잭 당숙부는 뭔가 설명을 하려 했지만 더 이상 버티지 못하고 덤불 속으로 달려들어갔다. 잭 당숙부는 몇 분 뒤 얼굴 한가득 편안한 표정으로 나타났다.

"저이가 독수리를 찾아냈을까?" 남편이 마차 옆문을 오르자 몽몽롱 모드 당숙모가 물었다.

"독수리라고요?" 에디가 물었다.

"애들은 눈에 띄어서도 소리를 내서도 안 돼. 그저 냄새나 풍기는 거지!" 모드 당숙모가 화난 표정으로 소리질렀다. 마치 이런 생각이라곤 생전 처음 해보는 것인 양.

"독수리는 집어쳐, 젊은이. 이제 우리, 실험을 시작해보자구." 펌블스누크 씨가 말했다.

채찍질과 말발굽 소리에 마차는 다시 움직이기 시작했다. 에디가 착한 꼬마 신사라는 데는 이의가 없으렷다. 에디의 부모님이 에디를 꼬마 신사로 키우는 데 양화 다발깨나 들였다는 사실, 잊지 마시길. (그들은 악화를 보내려고도 해보았지만 반송되는 바람에 어쩔 수 없었다.) 그렇게 착한 꼬마 신사로서 자기와 딴판인 어린이 역으로 연기 생활을 시작한다는 것은 그다지 바람직한 생각이 아닐 수도 있다.

"외국인을 말씀하시는 건 아니지요?" 펌블스누크 씨의 제안에 놀란 에디가 말했다.

때는 외국인이라면 무조건 불신받던 시절이다. 그 사람이 왕자가 되었건 왕초가 되었건 아니 뭔 '왕' 자로 시작하는 사람이든

'왕' 자로 시작하지 않는 사람이든, 무조건 말이다.

"건 아니죠, 선생님!" 배우 겸 연출가가 말했다. 놀란 게 분명했다. "이처럼 좁은 공간 안에 숙녀께서 한자리해 계시는데 (배우 훈련도 제대로 받지 못한 한낱 꼬맹이인) 네 녀석한테 외국인 역을 시킬 리가 있겠나!"

"내가 외국인을 본 적이 있지요." 몽몽롱 모드 당숙모가 아련한 눈빛에 젖어 말했다. "모습을 볼 수도 소리를 들을 수도 없이, 냄새 맡는 것 말고는 아무것도 할 수 없었지요…누가 글쎄 그 사람을 문질러놓지 않았겠어요."

"양파로요?" 에디가 물었다.

"옳거니" 하면서 몽몽롱 모드 당숙모가 고개를 끄덕거렸다. 당숙모는 에디의 턱밑을 간지럽히면서 입속에 초콜릿 한 조각을 넣어주었다. 에디는 그게 초콜릿이었기만을 바랐다. 생기기는 초콜릿처럼 생겼지만, 여지껏 알아온 당숙모님을 생각해볼작시면, 그게 절대 쥐똥이 아니었다고는 장담할 수 없는 노릇이다.

겁에 떨면서 그 '것' 을 씹으면서 에디는 배우 겸 연출가 옆에 낑긴 몽몽롱 모드 당숙모를 좀더 잘 보기 위해서 앞으로 기댔다. "외국인이 아니면, 무슨 역을 맡기실 건가요?" 하고 에디가 물었다.

"고아 소년 역이다" 하고 펌블스누크 씨가 말했다.

기억력이 제법 괜찮은 분, 아니 뇌세포가 절반만이라도 살아 있는 분이라면 지금 이 장면이 에디가 겪고 있는 고초의 출발점을 설명하는 것이라는 사실을 알 수 있으리라.

9

심각한 오해

전 중국의 황후를 만난…뭐, 그쯤 되는 여자였지

"어떤 인물을 연기하는 데 기억해두어야 할 가장 중요한 점은 무엇인가?" 펌블스누크 씨가 손수건에다 자기 이빨 한 개를 조심스럽게 싸면서 큰소리로 말했다.

몽몽롱 모드 당숙모가 앞으로 십리, 뒤로 십리 휘두르던 흰담비의 꼬리에 얻어맞고는 부러져나간 이빨이었다.

에디는 한편, 손수건을 아주 다른 용도로 사용하고 있었다. 숙모가 (위의 경우와 동일한 폭으로) 휘두른 말콤의 주둥이에 코를 얻어맞고 터져나온 코피를 막는 데 말이다. 에디는 몽몽롱 모드 당숙모가 이 박제 짐승 단 한마리로 외바퀴 수레 한가득 무기를 실은 군대가 평균적으로 입힐 수 있는 것보다 더 많은 부상을 입힐 수 있지 않을까, 하는 생각이 들기 시작했다.

"어떤 인물을 연기하는 데 기억해두어야 할 가장 중요한 점이라고요?" 에디는 열심히 생각하면서 말했다. "무슨 일이 생기건 그 인물 안에 있어야 한다고요?"

"웃기는 소리!" 몽몽롱 모드 당숙모가 깔깔거리면서 웃었다. 그리고는 마차 좌석 뒤로 몸을 기댔다. 당숙모는 핸드백을 뒤지기 시작했다.

"훌륭하다!" 펌블스누크 씨가 말했다. "바로 그거야, 바로 그거. 한번은 내가 〈도처에 개껍질들〉에서 커다란 개암나무 열매 역을 맡은 적이 있어. 진짜 개암나무로 만든 의상을 입었지. 내 귀하신 아내께서 손수 지어줬다, 이 말씀이야."

"귀찮은 아내였다고?" 모드 당숙모가 으쓱거리며 물었다. "그런 마누라는 몽둥이루다 패주거나 쑤셔줘야 해. 죽기 1인치 전까지 말이야." 1인치란 대략 2.5센티미터지만 이건 옛날에 일어났던 일이고, 어쨌거나 누군가를 '죽기 1인치 전까지' 몽둥이로 쑤시거나 팬다는 건 그다지 좋은 일 같지가 않다.

"내 귀하신 아내라고요" 하고 펌블스누크 씨가 말했다. "자, 어디까지 했더라? 아, 맞다, 내가 커다란 개암나무 열매 역을 맡았을 때였는데, 한 다람쥐 가족이, 우리가 그날 밤 극장으로 사용하던 헛간 지붕에다 둥지를 튼 게 분명했죠, 그놈들이 건더미 꼭대기에서 우리 가설 무대로 떨어진 거예요…."

에디는 이 배우 겸 연출가가 요점을 말해주기만을 기다렸지만 11마디면 끝날 것을 가지고 723마디로 말하는 사람을 몰아대봤자 소용없는 짓이었다. (그렇다고 뒤로 돌아가 일일이 숫자를 세지는 않으시겠지? 그건 하나의 수사적 표현이라고…수사적 표현이 뭔지 모르신다 해도, 그건 그리 걱정할 일이 못 된다. 나도 4륜 구동이 뭔지 스물세 살 때 거기에 치이고 나서야 알았는데, 뭐. 그 사고로 내가 잘못된 건 없다. 글쎄, 실은 나를 칠 때 내 몸을 깔고 지나갔으니 잘못되긴 했었지. 하지만 내가 하려는 말이 뭔지는 여러분이 잘 아시리라 믿는다.)

"내가 커다란 개암나무 열맨데, 다람쥐가 다가와 나를 공격하고 내 겉껍질을 갉아먹고 있다고 해봐요. 그런 상황이라면, 보통 놈 같으면 대번에 의상을 빠져나와서 무대로부터 도망쳤을 겁니다. 하지만 난 그러지 않았지. 나는 배우, 비극배우란 말이다. 나는 관객을 앞에 놓고 개암나무 열매를 연기하고 있으니 나는 개암나무 열매로 있어야 하는 거다. 나무나 좀먹는 들쥐 약탈무리 갖고는 안 되는 거다."

"해적 말이우?" 모드 당숙모가 물었다. "해적한테 습격받았단 말이우?"

"해적이 아니고요, 나무 들쥐…다람쥐들 말씀이에요, 부인," 하고 펌블스누크 씨가 말했다.

피묻은 손수건으로 코를 틀어쥐고 있던 에디는 당숙모가 어째서 갑자기 모든 것을 잘못 듣기 시작한 건지 생각해보려고 했다. 어째서 느닷없이 귀머거리 증세가 나타난 거지? 처음 여행을 시작할 때는 듣는 데 큰 문제가 없었는데, 왜 지금은 그런 거지?

"그래서 연극은 계속되었지." 펌블스누크 씨의 이야기는 계속되었다. "나는 의상을 입은 채 배역에 몰입했고, 다람쥐로부터 공격받은 개암나무 열매라면 할 법한 행동을 하면서…인물 속에 있었던 거지…배우로서 성공의 열쇠 말이다, 알겠느냐?"

에디가 보통 견과류는 다람쥐한테 먹힐 때 어떻게 행동하는지 물으려던 차에—묵묵히 오도독거릴밖에 더 있겠어, 하고 에디는 생각했지만—몽몽롱 모드 당숙모의 행동 때문에 기회를 놓쳤다.

엄격한 국가라면 불법 딱지나 붙을 법한, 도무지 음이라고는 맞지 않는 곡조를 흥얼거리면서 당숙모는 도금 손톱깎개로 박제 흰담비의 코털을 다듬고 있었다. 그게 뭐 대수냐고 여러분은 물을지도 모르겠다. 여러분은 학창시절 때 선생님들 가운데 코털이나 귀털을 깎던 선생님을 한둘은 기억할 것이다(내가 학교 다닐 때는 보리

스 선생님이 그랬다). 하지만 문제는 몽몽롱 모드 당숙모가 깎아낸 털로 어떤 행동을 하느냐였다. 그 털을 자기 귓속에다 집어넣고 있었던 것이다.

개암나무 열매에 대한 얘기는 이제 다 창밖으로 내던져졌다(앞전 일화에서 당숙모의 시계처럼). 하지만 엄밀히 보자면 정확한 얘기가 아니다. 펌블스누크 씨가 개암나무 열매처럼 꾸며 입었던 얘기만 창밖으로 내던져진 것이다. 에디는 다른 열매 생각을 하고 있었다. 거기 박제 흰담비의 코털을 깎아 자기 귓속에다 집어넣은 저 늙은 열매 말이다…부모님이 완치될 때까지 황당골목에서 이 여자하고 살아야 하는 신세라니!

에디는 온몸이 떨려왔다.

"도전에 응할 준비가 되었는가, 디킨스 나으리?" 펌블스누크 씨가 물었다. "고아 소년 역을 맡아 이 여행이 끝날 때까지 그 인물로 살아갈 준비가 되었는가? 아니, 이 역을 맡아 내가 바꾸라고 할 때까지 그 인물로 살아갈 준비가 되었는가?"

"아마도요." 에디가 말했다. 앞으로 닥쳐올 사태, 즉 아주 몽롱한 당숙모, 아주 몽롱한 당숙부와 아주 황당한 집에서 살아갈 일에 대한 생각을 떨쳐버리는 데 외려 도움이 될지도 모르지.

"이 인물로 살아가겠다고 맹세하는가?" 펌블스누크 씨가 손톱가위를 가방에다 집어넣느라 잠시나마 말콤을 무릎 위에 앉혀놓은 모드 당숙모에게 기대면서 물었다. 이 배우 겸 연출가는 박제흰담비가 없어진 기회를 틈타서 털복숭이 꼬리나 코 혹은 앞발에 얻어맞을 염려없이 에디의 얼굴을 정면으로 응시했다. "가문의 명예를 걸고 주어진 인물로 살아가겠다고 맹세하는가?"

"네." 에디 디킨스는 펌블스누크 씨를 정면으로 응시하면서 대답했다.

때는 '가문의 명예' 가 매우 중요한 시절이었다. 그 시절 같으면 주교를 때린다거나 누군가의 동정심에 호소하여 돈을 그러모으는 일이 그저 그 일을 하는 사람한테만이 아니라 가문 전체의 치욕이었던 것이다.

사람들은 수군거렸다. "해리스 부인의 아이가 그 화랑의 양고기 조각을 먹어치웠다고 하두만." 그리고는 교회에서 아무도 그 옆자리에는 앉으려 들지 않았다. 아니면, 사람들은 길을 건널 때 먼로 씨네 가족 중 누구라도 건넜던 길이면 절대로 그 길을 이용하지 않으려고 했다. 단지 메리 먼로가 잠든 톰슨 씨네 가족의 얼굴을 밝은 빨강색으로 칠했다는 그 이유 하나 때문에. 아니, 정말로 가문의 명예는 중요했고 그래서 가문의 명예를 걸고 맹세하는 것도 중요한 일이었다.

그리고 에디 디킨스는 이제 막 디킨스 가문의 명예를 걸고 고아 소년 역을 연기할 것, 그리고 펌블스누크 씨가 그만두라고 할 때까지 그 인물로 살 것을 맹세했다.

자, 아인슈타인은 이 이야기의 사건이 발생할 때 아직 태어나지 않았었고 여러분이 이 이야기를 읽는 지금은 이미 죽은 사람이다. 하지만 아인슈타인이나 되어야 무슨 일이 일어난 건지 알 수 있는 건 아니라고 말해도 될 법하다. 기억력이 좋은 사람이라면 앞 76쪽에서 에디가 이유야 뭐가 되었건 어쨌거나 성 호리드의 은혜를 아는 고아들의 집에 들어가게 될 거라는 이야기를 들었던 걸 기억할 것이다. 그리고 지금은 109쪽이다…그러니 지금 얘기하는 것도 뭐 새로운 소식은 아니다. 하지만 이제는 우리의 이야기가 본 궤도로 돌아가고 있다.

몽롱 잭 당숙부는 고삐를 당기면서 소리쳤다. "이랴, 낄낄."

평상시 주인으로부터 세심한 지시사항을 들어본 적 없던 말은 이 한마디에 어찌나 놀랐던지 정말로 멈춰섰는데, 바로 몽롱 잭 당숙부가 바라던 바다. 하지만 말이 멈춰선 건 길 한가운데 아주 키 높은 모자를 쓴 남자가 서 있었기 때문이다. 몽롱 잭 당숙부가 '이랴, 낄낄' 명령하지 않아서 말이 멈춰서야 할 정도로 놀라지 않았더라면 이 남자는 지금쯤 모자가 잔뜩 짜부라들었을 것이고 야코도 덩달아 죽어버렸을 일이다. 몽롱 잭 당숙부는 그런 사태를 피하고 싶었는데, 왜냐면 빛이 충분치 않은 밤시간일지라도 이 남자가 꼰대라는 것쯤은 쉽사리 알아볼 수 있었기 때문이다.

꼰대라니, 그걸 짚단 꽈놓은 물건쯤으로 생각했다 해도 용서받을 수 있을지 모를 일이다. 왜냐면 그게 맞는 말일 수도 있으니까…허나, 이 꼰대는 다른 종류의 꼰대였다. 이 꼰대는 로버트 꼰 경의 이름을 따서 붙인 명칭인데, 지금이 무슨 역사 수업 시간이냐고 묻는다면, 이번에도 맞는 말이 될 것이다. 그러니 간단히만 소개하련다. 영국의 수상으로 이름을 떨쳤던 로버트 꼰은 또한 영국 최초로 엄밀한 의미의 경찰대를 창설했던 인물로서, 그의 이름을 따서 경찰대를 '꼰대'라는 별명으로 부르게 된 것이다. 만약에 그의 이름이 로버트 봉크 경이었더라면 경찰의 별명이 '봉다리'가 되었을 테니, 영국의 경찰들은 자기네가 운이 좋았다고 여겨야 할 것이다.

자, 이제 여러분은 에디의 당숙부가 어째서 이 남자를 말과 마차로 치고 싶지 않았는지를 알았으리라. 이 점만큼은 그제나 이제

나 변함이 없으니, 마차에 받친 경찰은 열받게 되어 있다. 거기다 키높은 모자를 짜부러뜨렸다면? 두말하면 잔소리지.

이 꼰대의 모자는 (다른 꼰대들의 모자와 다를 바 없이) 아주 높고 길쭉했다. 중산모 세 개를 차곡차곡 쌓아올린 높이쯤 되는데, 중산모를 본 적이 없는 사람한테는 별 도움이 안 되는 설명일 터인즉, 이는 마치 바람가마귀가 내는 소리는커녕 그게 뭔지도 모르는 사람한테 어머니가 목욕을 하면서 노래를 부르실 때 벌새 꼬리 바람가마귀 같은 소리를 낸다고 말하는 것하고 어느 정도는 비슷한 얘기가 된다. 그러니, 중산모가 어떻게 생겼는지 모른다면, 운도 억세게 없는 사람이라고 해야 할밖에. 이 꼰대의 모자는 여러분이 중산모를 보았건 아니건 간에 어쨌거나 중산모 세 개를 차곡차곡 쌓아올린 높이다.

"수고 많으십니다, 선생님" 하고 꼰대가 몽롱 잭 당숙부에게 말했다. "죄송하지만 좌석에서 잠깐 내려와주시겠습니까?"

경찰은 몽롱 잭 당숙부한테 면허증과 차량 등록증을 제시하라고 요구하지 않았는데, 이런 물건들이 아직 발명되기 전이었기 때문이다. 그는 음주측정에 응하라는 요구도 하지 않았는데, 그건 이 경찰이 몽롱 잭 당숙부나 말이 취했는지에는 관심이 없었기 때문이다. 이 꼰대한테는 더 중요한 일이 있었다. "저희는 지금 달아난 고아 소년을 찾고 있습니다" 하고 그가 설명을 했다. "그 꼬마녀석이 성 호리드의 은혜를 아는 고아들의 집에서 달아났습니다."

"저런 은혜도 모르는 놈 같으니라고!" 몽롱 잭 당숙부는 호통을 쳤다.

"제 말이 바로 그 말입니다요" 하고 꼰대가 동의했다. "그 기사를 읽었을 때 제가 뭐라고 했는 줄 아세요? 거기 이름을 '성 호리드의 은혜도 모르는 고아들의 집'이라고 바꾸라고 그랬죠."

"모금운동을 벌여 당장 그렇게 만듭시다!" 하고 몽롱 잭 당숙부가 말했다. 잭 당숙부는 어떤 생각이 들면 당장에 행동으로 옮겨야만 직성이 풀리는 사람이었다. "그걸 바꾸는 데 엄청난 비용이 들지는 않을 겁니다. 동네 칠쟁이를 하나 찾아 정문에 붙은 간판에서 '를' 대신에 '도'를 써넣고 '아'를 '모르'로 바꾸면 되는 거 아닙니까…정문에 간판은 붙어 있겠죠?"

"아 네, 물론이죠, 선생님." 꼰대가 고개를 주억거렸다.

"좋아요. '도' 하고 '모르'가 그렇게 비쌀 거라는 생각은 들지 않는군요." 에디의 당숙부가 곰곰 생각 끝에 말했다. "몇 년 전에 내 아름다운 아내에게 시계를 선물하면서 시계 뒤에다 글자를 새긴 적이 있었는데, 그땐 한 글자 당 한 푼밖에 들지 않았드랬죠… 이 얘기를 하니까, 성 호리드의 은혜를 아는 고아들의 집 이름이 인쇄된 편지지가 있을 것 같은데요?"

꼰대는 정중하게 고개를 끄덕였다. 이 마차꾼은 보통 마차꾼과는 다르다…엄연한 신사다….

"그러면 편지지에 인쇄된 이름도 '은혜를 아는'에서 '은혜도 모르는'으로 수정해야 하겠죠" 하고 몽롱 잭 당숙부가 말했다. "그쪽 사람들한테도 문제없는 일이죠. 그런 일이야 은혜도 모르는 고아들한테 시키면 될 테니까요. 새벽 다섯 시에 일어나 편지지에 인쇄된 '은혜를 아는' 부분을 '은혜도 모르는'으로 고친 다음에 굴뚝엘 올라가든 탄광엘 들어가든 그 은혜도 모르는 꼬마 돼지녀석들이 생활비를 벌기 위해서 해야 하는 일을 하면 되는 거죠."

"매우 훌륭한 해결책입니다, 선생님." 꼰대는 기쁨에 환히 빛났다. 그곳 이름을 '성 호리드의 은혜도 모르는 고아들의 집'으로 바꾸자는 것도 다 그의 생각이었으며, 그의 제안에 진심으로 동의해 주는 진정한 신사가 여기에 있었던 것이다.

"그 명칭 변경 작업에 나도 뭔가 보탬이 되고 싶군요." 몽롱 잭 당숙부가 말했다.

"뭐, 좋습니다, 선생님" 하고 꼰대는 약간 머뭇거리면서 대답했다. 경찰이라면 하나같이 뇌물수수에 조심해야 한다. 적법하며 중요한 명분에 대해 순수한 기여로 볼 수 있는 것이라면, 조사원들도 그것을 뭔가를 해달라는 (혹은 하지 말아 달라는) 뇌물수수 행위로 볼 수 있는 것이다. 하지만 꼰대는 그 액수가 얼마가 되었거나 간에 그의 호주머니에서 나오는 것을 받아들이지 않음으로써 이 훌륭한 신사를 열받게 하고 싶지 않았다. 10실링? 1파운드? 5파운드? 천만에! 말린 전기장어다.

말린 전기장어라고?

"미안합니다. 지금은 납치머리 가진 게 없군요." 몽롱 잭 당숙부가 말했다. "마지막 남아 있던 것을 마차여인숙 마차 여인숙에서 써버렸거든요."

이 경찰은 (여경이건 남자 경찰이건) 경찰관들이 잘 던지는 옆눈질로 그를 바라보았다. 마치 이렇게 말하는 듯한 눈빛이었다. '뭔 속셈인지 모르겠지만 뭔가 꿍꿍이가 있다는 건 알지. 내가 알아내고 말 테다.' 꼰대는 평생 그런 모욕은 처음이었다. 말린 전기장어? 여지껏 받아본 것 중에 최악의 뇌물이었다. 한번은 사과 반쪽을 받은 적도 있지만 그거라면 최소한 뒷마당 경찰견한테 던져줄

수나 있었지…하지만 말린 전기장어라니? 그러고도 내가 이 작자를 신사라고 생각했단 말인가!

몽롱 잭 당숙부를 대하는 꼰대의 태도는 돌연 냉랭해졌다. "고아가 여기 있는지, 마차를 수색해야겠습니다." 꼰대의 말에서는 '선생님'이란 경칭이 떨어져 나가고 없었다. "내가 그러는 데 이의 있습니까?"

"전혀, 전혀요." 에디의 당숙부가 환한 미소로 대답했다. 그는 자기가 이 꼰대의 심기를 건드렸다는 사실을 눈꼽만치도 눈치채지 못한 채 자기네가 여전히 '흉허물 없는 사이'인 줄로만 생각하고 있었다.

"그리고 누가 이 마차 안에 살고 있는지, 좀 물어봐야겠소." 꼰대는 문쪽으로 다가가면서 말했다.

"내 아내 모드, 저명한 배우 겸 연출가 펌블스누크 씨, 그리고 내 사촌동생의 아들인 에드먼드가 있소."

"알겠습니다. 다른 사람은 또 없습니까?" 하고 꼰대가 말했다.

"샐리뿐이죠" 몽롱 잭 당숙부가 말했다.

"하녀요?" 꼰대가 물었다.

"박제 흰담비라오." 몽롱 잭 당숙부가 설명했다.

"알겠습니다…." 꼰대가 대답했다. 그는 창문으로 마차 안을 들여다보고는 마차가 한쪽은 텅 비어 있는데 사람 셋과 박제 흰담비가 그 맞은편에 잔뜩 끼겨 앉아 있는 걸 발견했다.

그는 몽몽롱 모드 당숙모의 무릎 위에 있는 박제 동물을 훑어보았다. "샐리인가 보군요" 하고 그가 말했다.

"모드예요" 하고 모드가 말했다.

"뭐라고 그러셨죠?" 하고 꼰대가 물었다. "저는 부인의 흰담비 얘기를 한 건데요."

"녀석은 말콤이라고 하지요" 하고 몽몽롱 모드 당숙모가 말했다.

에디는 꼰대의 한쪽 눈썹이 치켜올라간 것을 보았다. 그 눈썹이 마치 이렇게 말하는 것 같았다. '이 패거리, 자기네가 누군지 똑바로 말을 안 하는군. 하지만 뭔가 있어, 뭔가 숨기고 있는 게 분명해.' 물론 이 경찰은 몽롱 잭 당숙부가 미쳤으며 말콤을 항상 '샐리'라고 부른다는 사실을 알아낼 방도가 없었다. 아니, 그 반대던가? 몽몽롱 모드 당숙모가 미쳤으며 샐리를 항상 '말콤'이라고 부르던가? 어쩌면 둘 다 미쳤고 흰담비 이름이 샐리나 말콤 혹은 코넬리우스 혹은 에드나였나?

"알겠습니다" 하고 말하면서 꼰대는 느릿느릿 이렇게 말했다. "선생께서는…뉘신지?"

"나로 말할 것 같으면…" 펌블스누크 씨는 가슴팍을 치면서 잔뜩 뻐기면서 말했다. "위대한 중국의 전 황후이시다."

무슨 일이 있었는지는 아마도 짐작할 수 있으리라. 우리가 몽롱 잭 당숙부와 꼰대 장면을 지켜보는 동안, 에디와 펌블스누크 씨, 몽몽롱 모드 당숙모는 잠자코 앉아서 자기네 순서가 오기만 기다리고 있었는가? 천만에. 인생은 그렇게 돌아가지 않는다. 그들은 끊임없이 지껄여댔다…에디가 가문의 명예를 걸고 고아 소년 역을 맡기로 했을 때, 우리의 배우 겸 연출가 선생께서는 위대한 중국의 전 후 역을 맡기로 했던 것이다…그리고 그는 이 인물도 근사하게 해내고 있었다.

펌블스누크 씨는 눈앞에 경관이 있다고 해서 자기가 한 맹세를 물리고 원래 자기로 돌아갈 그런 사람이 아니었다. 위대한 중국의

전 황후를 연기하기로 맹세했으면 위대한 중국의 전 황후인 거다.

펌블스누크 씨한테 관객이라곤 꼰대와 꼰대의 어깨 너머로 곁눈질을 하는 몽롱 잭 당숙부, 몽몽롱 모드 당숙모와 박제 흰담비, 그리고 고아 소년 에디밖에 없었지만, 그래도 관객은 관객이다. 그리고 이 비좁은 좌석이 그의 무대였다.

"나는 위대한 중국의 전 황후이시다" 하고 펌블스누크 씨가 거듭 말했다. 그때나 지금이나 중국이 머나먼 나라인 것은 변함이 없지만 가려면 그때가 훨씬 오래 걸렸다는 사실을 기억해두면 좋을 것 같다.

요즘 같으면 중국행 비행기에 오르거나 텔레비전을 통해서 그 나라나 그곳 사람들을 볼 수 있다. 하지만 그 시절에는 중국에 가본 사람은커녕 중국 사람을 직접 본 사람도 드물었다. 말이 나와서 말인데, 꼰대는 이 사내가 중국의 전 황후가 아니라는 데 추호도 의심하지 않았다. 이 남자는 거짓말을 하고 있는 거다.

"알겠습니다." 꼰대가 말했다. 지금까지 그는 말린 전기장어나 던져주면서 자기를 골탕먹이려 드는 마차꾼, 흰담비 말콤인 척하는 흰담비 샐리, 자기가 '모드'라는 여인, 자기가 중국 여잔 줄 아는 다 큰 어른 남자를 상대했다…거기에다, 손수건으로 코를 틀어쥐고 있는 피투성이 얼굴의 소년까지.

꼰대는 윗주머니에서 수첩을 꺼내 바로 몇 시간 전에 성 호리드의 은혜를 아는 고아들의 집에서 기록한 내용을 읽었다.

고아 소년 실종

한 말썽꾸러기 소년이 깨진 유리창 통해서 달아나따

유리 우에 핏짜국으로 보아 부상을 당한 것이 틀림엄따

깨진 유릿조각에 핏자국이 있었다…그런데 이 꼬마, 얼굴이 피
투성이에다가 덩치 큰 두 어른 사이에 숨으려는 속셈이렷다?

"그럼 귀하께선 뉘신지, 여쭤도 되겠습니까?" 꼰대가 에디에게
물었다. "러시아의 차르? 시바의 여왕?"

에디는 침을 꿀꺽 삼켰다. "아닙니다, 경관님" 하고 에디가 대
답했다. 에디는 가능한 한 고아 소년처럼 말하려고 노력중이다.
"저는 불쌍한 고아입니다."

꼰대는 마차를 덮치다시피 손가락으로 에디의 목덜미를 붙잡고
는 잽싸게 길로 끌어냈다.

"잡았지롱!" 꼰대가 씨익 웃으면서 말했다. 경찰관한테는 악당
의 목덜미를 잡는 것보다 흐뭇한 일이 없다. 그리고 그의 견해에
따르면, 고아원에서 달아난 은혜도 모르는 고아는 더할 나위 없는
'악당'이다. 그의 맞춤법에 따르면 악당은 '아땅'일 테지만…지금
이 시점에 맞춤법이 무슨 대수란 말인가?

"경찰서에 가면 아늑하고 따뜻한 감방이 너를 기다리고 있다. 그런 다음으로는 성 호리드의 은혜를 아는 고아들의 집의 아늑하고 싸늘한 방으로 돌아가는 거다."

"하지만 쟤는 내 오촌조칸데요." 상황을 흥미롭게 지켜보았지만 아직까지 영문을 파악하지 못하고 있는 몽롱 잭 당숙부가 말했다.

에디는 고개를 비틀어 뒤에 서 있는 마차를 바라보면서 펌블스누크 씨가 이제 그만 극중 인물에서 빠져나와도 된다고 말해주기만을 하염없이 빌었다. 이제라도 경찰관한테 사실은 자기가 고아가 아니라고 밝힐 수 있게…. 그러나 그런 운은 따라주지 않았다.

그 위대한 중국의 전 황후는 에디에게 오만한 자태로 인사를 보낼 뿐 아무 말도 해주지 않았다.

"전 불쌍한 고아 소년일 뿐이라구요," 하고 에디가 걱정이 잔뜩 실린 목소리로 말했다. 가문의 명예가 위험에 처한 것이다.

"내 실수였습니다." 이제 흥미가 사그라든 잭 당숙부가 말했다. "생기기도 에드먼드를 똑 닮은데다 내 마차에 타고 있으니 진짜 내 조카인 줄로만 생각했지 뭡니까." 그는 꼰대에게 당부했다. "차꼬에 채워가든 어쩌든 마음대로 해주시오."

"그치만…그치만…" 에디는 항의를 해보려고 했지만 위대한 중국의 전 황후가 에디 등 뒤에서 단호한 표정으로 헛기침을 보냈고, 에디는 자기가 했던 맹세를 떠올려야 했다.

꼰대는 차꼬가 뭔지 알 수 없었다. 주일학교에서 노예들한테 차꼬를 채웠었다는 얘기를 들었던 것도 같다. 노예들한테 제대로 된 옷 대신에 입혔던 천쪼가리쯤 되나 보군. 달아난 고아한테 천쪼가리를 입혀 돌려보내면 꽤나 꼴 보기 좋겠군, 하고 생각했지만 대신에 찰칵, 수갑을 채웠다.

"자, 젊은이" 하고 꼰대가 말했다. "잔혹줄무늬 부인께서 너를 반가이 가둬주실 거다."

우습게도 에디는 잔혹줄무늬 부인이란 사람이 그다지 좋은 사람일 것 같지가 않다는 생각을 하고 있었다. 그 얼마나 맞는 생각이었던가.

10

저런, 저런, 저런

에디, 탈출을 꿈꾸다

에디는 경찰서의 감방이 싫었지만, 거기서 불려나와 아늑한 갈색 자루로 옮겨진 뒤 고아원에 자기 방을 배정받자 생각이 달라졌다. 고아원 방이 더 감방 같은 것이다. 거기에는 고양이 한 마리 그네 태울 공간도 없었다. 정신이 제대로 박힌 고양이라면 애당초 이 방에 들어올 생각도 없었겠지만, 저 쥐가 무서워서 어디 그러겠느냐고.

내가 '쥐'를 단수로 말했다는 사실, 유념하시길. '다수'의 '쥐들'이 아니다. 바로 그 한 마리다…그리고 에디는 그 녀석과 한방살이를 하게 된 것이다. 만화에 나오는 쥐였다면 안대를 차고 팔뚝에 커다란 멋진 문신을 하고 있었겠지. 또 입 한귀퉁이로는 성냥개피를 잘근잘근 씹고 있을 수도 있겠고. 그러나 만화의 주인공이 아닌 현실의 이 놈은 커다란 게 그저 무서울 따름이었다.

쥐들이 늑대나 마찬가지로 나쁜 평가를 받고 있는 건 사실이다. 아기 돼지 세 마리네 집이 무너진다거나 유럽에 페스트가 창궐해 수백만 명이 목숨을 잃는다거나 하게 되면 여지없이 늑대나 쥐 탓으로 돌아간다. 기회만 주어지면 쥐들도 아주 선량하고 깨끗하고 친절하고 냄새도 감미롭고 사랑스러운 동물이요 수입만 충분하면 절반을 뚝 잘라 자선단체에 내놓곤 하는 그런 존재일 수도 있다. 하지만 지금 이 쥐한테는 해당사항 없는 얘기다. 성 호리드의 은혜를 아는 고아들의 집 좌우명을 지키며 살아가는 쥐였으니까.

자, 이제 그 좌우명이 뭔지 얘기해도 될 시간이 된 것 같다. 또, 성 호리드가 누구인지도 이제는 이야기할 수 있으리라. 성자들은 전체적으로는 훌륭한 사람들이다. 그 사람들이 성자가 된 것도 우선 그 점 때문이다.

케빈이라고 하는 녀석은 창 밖으로 손을 내밀었다가 성자가 된 경우다. 하긴, 그게 다는 아니다. 그는 창 밖으로 손을 내밀었다.

친구를 배웅하거나 비가 오는지 알아볼 때 흔히 하는 식으로. 그런데 새 한 마리가 거기가 자기 둥지라고 생각하고 그 위에 앉아 알을 낳은 것이다. 내가 할 수 있는 얘기는, 녀석의 팔뚝이 굉장히 털북숭이였거나 근시가 심한 새였을 거라는 정도다.

어쨌거나 그 새는 녀석의 팔을 둥지로 여기고는 차분히 알을 품고 앉아 부화할 날만을 기다렸다. 녀석도 기다렸다. 팔을 빼내지 않고 그냥 거기 서 있었던 것이다…그는 알이 부화할 때까지 기다렸고 병아리들은 자라나 하늘을 날아다닐 수 있게 되었다. 그제야, 바로 그제야, 우리의 케빈이 몸을 움직였던 것이다.

케빈이 맨 먼저 한 일이 화장실로 달려가는 것이었다는 데 목숨을 걸어도 좋다. 창 밖에 손을 내민 채로 몇 주를 기다려야 했으니까. 그러니까, 변기 위에 앉아서가 아니었다니까! 케빈이 팔에 심각한 통증을 겪었으리라는 것도 장담해도 좋다. 질문에 답을 하겠다고 손을 들었다가 (교실 밖에서 진짜 재밌는 일이 벌어지는 걸 구경하다가) 내리는 걸 깜빡 잊었을 때 팔이 얼마나 아팠는지 기억해보라. 그건 그렇고, 케빈은 성인으로 추대되었다.

성자가 되기 위한 또 한 가지 좋은 방법은 끔찍한 일을 당하고도 자기 믿음을 저버리지 않는 것이다. 글쎄, 성 호리드는 누구한테 친절을 베풀었다거나 아니, 성자다운 구석이 요만큼이라도 있었던 사람 같지 않다…세상 참 불공평하다.

세월이 흐르면 이름이 바뀌고 실수가 밝혀지고 하는 법이다. 옛날에 메리 셀레스트라고 하는 배가 있었는데, 사람 하나 없이 표류하다가 발견된 배다. 아주 이상하고도 신기한 일이었는데, 사람들은 오늘날까지도 그 배에 대해 이야기하고 책을 써내곤 한다. 열에 아홉이 이 배를 마리 셀레스트(메리가 마리가 된 것이다)라고 부른다는 사실만 제외하면. 주요 교과서나 둥근 천장형 이마에 눈이 핑글핑글 돌아가는 안경을 쓴 아주 머리 좋은 사람들이 쓴 책에는 이 배의 이름이 '마리 셀레스트'라고 되어 있지만, 이건 그 사람들이 틀렸다. 맞는 이름을 찾아내려면 자료만 조금 더 뒤져보아도 되지만 한번 실수가 일어나면 거듭되고 반복되고 되풀이되다가 결국 거짓이 참이 되는 게 세상 이치다.

성 호리드한테도 해당되는 이치다. 성 호리드의 진짜 이름은 성 플로리드였는데, 이것조차 완전 사실은 아니다. 그의 진짜 이름은 행크였지만 성자가 된 뒤로 이름이 성 플로리드 행크로 바뀌었고 그것을 줄여서 성 플로리드로 불리게 된 것이다. 플로리드는 플로리다의 준말이 아닌데, 왜냐면 그 시절엔 아직 북미 대륙이 발견되지 않았고 다만 북미의 원주민들이 디즈니월드나 버거킹 없이도 아주 행복하게 살고 있었을 뿐이다. 아니, '플로리드'라는 낱말은 '피부가 울긋불긋하다'는 뜻이며 더 오래 전에는 '꽃 같다'는 뜻이었다.

플로리드 행크의 경우에는 두 가지 뜻이 다 해당된다. 행크는 왕을 '냄새 고약한 에델레드'라거나 '미치광이 에드워드' 같은 이상한 이름으로 부르던 시절의 젊은이였으며, 나무꾼의 아들이었다(어머니가 나무꾼이었고, 아버지가 무슨 일을 했는지는 역사책에 나오지 않는다.) 그 시절에 나무꾼의 아들이었다면 그 사람의 생애는 다음 두 가지 중의 하나가 된다는 뜻이다. 하나는 커서 나무꾼이 되는 것이고, 또 하나는 젊어 죽는 것이다.

그 사람이 젊어 죽는 이유는 여러 가지다. 영주나 주인님이 아끼시는 풀밭을 밟았다는 이유로 처형당할 수도 있고…아니면 간악한 외적(사실은 이 사람들이 영주나 주인님보다 훨씬 좋은 사람일 수도 있지만, 그렇다고 그걸 알 도리가 있겠는가?)과 맞서 싸우라고 파병될 수도 있고…아니면 감기 같은 별 대수롭지 않은 병에 걸려서 죽을 수도 있는데 그 경우는 마땅한 의사나 약이 없었기 때문이다.

하지만 행크는 젊어서 죽지 않았고 나무꾼이 되지도 않았다. 그는 성자가 되었다. 성자들의 생애란 대개가 묘연한 법인데 왜냐면 실제로 일이 있었으리라고 추정되는 시간이 훨씬 지나서 기록되기 때문이다. 하지만 행크가 어떻게 성자가 되었는가에 관해서는 자료가 충분히 남아 있다.

하루는 행크가 들판에서 염소에게 물을 먹이면서—염소는 물을 먹일 필요가 없는 동물이지만, 역사책에 이 점이 명시돼 있어서 언

급을 하고 넘어가야 할 것 같은 생각이 들었다—턱수염에 대한 생각에 젖어들었다. 행크가 턱수염을 생각했던 건 염소한테 턱수염이 있기 때문이었을 것이다. 어쩌면 당시에 지금보다 훨씬 많은 사람이 턱수염을 길렀기 때문인데, 그 이유는 아직까지 쓸 만한 면도날이 발명되지 않아서였을 것이다(아니면, 발명은 했는데 그 발명가가 아직 사람들한테 널리 보급되지 않은 것이든지). 이유가 뭐가 되었건 행크는 턱수염에 대해 생각하고 있었고 그러다가 허리를 굽혀 풀밭에서 꽃을 한 송이 꺾었다.

　행크가 꺾은 꽃을 코에 대고 기분 좋게 냄새를 맡고 있는데 바로 그 순간 여왕벌 한 마리가 위에 앉았다. 새 집터를 찾아 행차에 나선 것이다. 여왕벌에 대해 조금이라도 아는 분이라면 여왕벌이 가는 데면 일벌들이 항상 따라다닌다는 사실도 알 것이다. 행크가 뭔 일이 생긴 건지 알아차리기도 전에 수천 마리 벌떼가 그의 뺨에 착륙하더니 집을 지은 것이다…멀리서 보면 어마어마한 턱수염처럼 보였다.

바로 그때 대규모 적군 부대가 언덕을 넘어왔는데 그 부대의 지도자—어떤 책에서는 그를 일컬어 '상당히 지저분한 사이먼'이라고 하고 '그다지 질이 좋지 않은 사이먼'이라고 하는 책도 있다—가 행크를 향하여 질주하고 있었다. 그 적군 부대는 이제 막 상륙한 참이어서 행크가 그들이 이 나라에서 발견한 최초의 사람인 셈이었다. 사이먼 어쩌구는 이리저리 모양을 바꾸는 것 같은 윙윙거리는 어마어마한 턱수염의 사내를 보자마자 곧바로 뒤돌아 자기 부대를 데리고 달아났다.

역사책에는 사이먼 어쩌구가 '일개 농부가 저토록 신비하고 위협적인 턱수염을 갖고 있다면 저 나라의 강대한 왕은 어떻겠는가!' 같은 뭔가 영리한 말을 남겼다고 되어 있다. 하지만 그가 정말로 했던 말은 이런 게 아니었을까? '우웩! 어서 달아나자!'

그때 사이먼이 뭐라고 그랬건 간에 그들의 부대는 어찌나 허둥댔던지 타고 왔던 다섯 척 대신에 한 배에 몰아탔다가 바다 한가운데서 침몰하고 말았다.

벌 네 마리—역사책들은 이 점도 정확하게 기록했다—가 행크를 쏜 뒤 벌떼는 이동했다(벌떼가 일단 한 곳에 정착하면 잘 일어나지 않는 일이다). 행크는 꺾은 꽃을 들고 있었고 얼굴은 온통 울긋불긋, …이것이 그가 성 플로리드 행크가 된 내력이다. 성자 이야기는 어떻게 된 건가 하면, 행크가 무언가 불가사의한 방법으로 나라를 적군으로부터 구했기 때문인데 그뒤로 '기적'에 관한 이야기가 떠돌곤 했다. 길을 가던 수도승이 이 사건 전체를 목도하고 기록한 것이라고 한다.

행크는 은둔자의 집이라고 하는 안락한 동굴에서 관광객들한테 꿀단지를 팔면서 여생을 보냈다. 그뒤로 300년이 지나도록 만사형통이었으나, 누군가 그의 이름을 성 호리드 행크라고 잘못 적으면서부터 사단이 나기 시작했으며 그러다 그 이름으로 굳어졌다. 호리드가 지독하고 비열하다는 뜻이기 때문에 지독하고 비열한 사람들이 그를 자기네 성자로 추앙했고, 호리드의 은혜를 아는 고아들의 집도 그렇게 해서 붙은 이름일 것이다.

이 고아원의 좌우명은 '땀흘려 일해라, 야비하게 굴어라, 불만을 품어라'였는데, 에디가 자기 방이나 쥐를 보면서 느낀 바는 이 고아원이 이 좌우명에 어긋나지 않게 돌아가고 있는 것 같다는 것이었다. 쥐와 침대를 제외하면 (물론 에디 자신도 포함하여) 이 방에 있는 유일한 물건은, 한참 앞에서 한 이야기를 기억할 수 있다면, 앞장에 금박 글자로 '좋은 책'이라고 쓴 커다란 책뿐이었다.

에디 시절에 '좋은 책'이라 함은 사람들이 성경책을 부르는 이름이었는데, 에디도 같은 생각이었다. 하지만 책을 펼치는 순간 에디는 책에 가득 넘치는 그림을 보았는데…자, 어서 맞춰 보시라.

절대로 못 맞출 걸!

그것은 음식 그림이 가득한 책이었다. 케이크며 카스테라에 과일 샐러드, 파이 등 침이 절로 고이는 온갖 맛난 것들….

에디는 이 고아원에 들어온 지 몇 시간밖에 되지 않았는데 이 책을 구경하는 것만으로도 허기가 졌다. 그는 다른 불쌍한 아이들, 그러니까, 진짜 고아들도 방마다 이 책이 있으면 기분이 어떨지 궁금했다. 눈앞에는 온갖 맛난 것(많은 것이 위에 초콜릿이나 체리 시럽을 끼얹어 놓은 것이었다)이 펼쳐져 있으나 자기가 먹을 수 있는 것은 케케묵은 벽지풀죽이나 낡은 가죽구두 잔액을 끓여 만든 말국뿐이라는 걸 아는 판국에 이건 거의 고문이었다. (에디는 자루에서 끌려나와 질질 끌려 부엌을 지나 방으로 왔기 때문에 식사에 뭐가 나올지 알고 있었다.)

그림 몇 개는 이빨 자국이 나 있었고 그림이 통째로 없어진 데도 있었다. 에디는 먼저 이 방에 살던 아이가 너무나 허기진 나머지 진짜 음식이 아니라 푸딩 그림을 게걸스레 먹어댈 수밖에 없었던 것이라고 생각했다. 먼저 이 방에 살던 아이란 물론 지금 에디를 여기로 잘못 끌려오게 만든 장본인, 진짜로 달아난 그 고아 소년이다.

에디를 담아온 자루가 어찌나 더러웠던지(에디를 집어넣기 전에 석탄을 운반하던 게 틀림없다) 자루 밖으로 막 나왔을 때는 에디 자기가 봐도 누군지 몰랐을 것이다. 그러니 고아원 직원 가운데 아무도 에디가 엉뚱한 피해자라는 걸 알아보지 못했고, 에디는 당숙부나 당숙모가 자기를 거기서 꺼내줄 것을 기대할 수가 없었다. 에디는 어째야 하는 건가?

에디가 이제 희망이라곤 없다는 생각을 하기 시작한 찰나, 열쇠로 자물쇠 긁는 소리가 들리더니 문이 활짝 열렸다. 에디가 난생처음 보는 덩치 큰 여자가 문을 가로막고 서 있었다.

에디는 그 여자를 올려다보았다.

"잘 있나?" 여자가 물었다. 잔혹한 붉은 눈동자에서 분노가 이글거리고 있었다.

"뼈별로요" 하고 에디가 대답했다. "저기요, 뭔가 큰 착오가 있었는데요…."

그러자 여자가 커다란 나무 숟가락으로 에디의 머리를 때렸다.

"잘 있나?" 여자가 다시 물었는데, 이번엔 굵은 고딕체였다. 그러니까, **잘 있나?**가 맞다.

"아야! 제 이름은 에디 디킨스입니다. 뭔가 큰 착오가 있었습니다," 하고 에디가 머리에 생겨난 혹을 문지르면서 엉겁결에 말했다.

"넌 나를 보는 기쁨을 누릴 때마다 '안녕히 주무셨어요, 안녕하세요, 또 안녕히 주무세요, 잔혹줄무늬 부인'이라고 말해야 한다는 걸 모르느냐?" 하고 여자가 말했다. 여자는 자기가 대영제국의 여왕쯤 된다는 듯 말하고 있었지만 실제로는 에디가 상상하는 쥐의 말에 더 가까웠다. 쥐가 말을 할 수 있다면 말이다.

"안녕히 주무셨어요, 안녕하세요, 또 안녕히 주무세요, 잔혹줄무늬 부인." 에디가 말했다. "제 이름은 에디 딕…"

에디는 말을 이을 수 없었다. 큼지막한 손이 자기 목을 휘감더

니 공중 높이 들어올려 머리에 생겨난 혹이 지저분한 천장에 닿았기 때문이다.

"예의는 어디 갖다 내버렸냐, 이놈아!" 잔혹줄무늬 부인이 호통쳤다. 이 끔찍한 곳을 제외하고는 써먹을 데가 없을 것 같은 그 여

왕인 체하는 태도는 간 데가 없었다. "어디 도망갈 수 있을 줄 알았겠지, 어? 여길 벗어날 수 있을 거라고 생각했냐고!"

자기는 도망친 적이 없다고 말하고 싶었겠지만 정작 에디의 입에서 나온 건 "부르바리샤바딩" 하는 소리뿐이었다. 이 소리에 에디는 끝도 없이 입에다 양파를 채워넣거나 유명한 장군 모양 얼음 조각을 빨고 계시던 그리운 어머니가 생각났다. 눈물이 빰을 타고 흘러내렸다.

에디가 울자 잔혹줄무늬 부인은 매우 흡족하여 에디의 목을 조이고 있던 손을 놓았다. 에디는 쿵 하고 바닥에 떨어졌다.

잔혹줄무늬 부인은 그러더니 몸을 굽혀 여러분이나 내가 길 가다 멈춰서서 고양이를 쓰다듬을 때 하는 식으로 쥐의 두 귀 사이를 정답게 어루만져주었다. 이건 현명한 처사가 못 되었는데, 왜냐면 에디는 성 호리드의 은혜를 아는 고아들의 집의 다른 아이들과는

달랐기 때문이다. 에디는 수년 간 형편없는 음식과 중노동, 그리고 절망으로 허약해진 고아가 아니었다. 몽몽롱 모드 당숙모와 박제 흰담비와의 고된 마차 여행에서 살아남은 이라면 누구라도 이 난폭한 여자가 자기 인생을 망치도록 내버려둘 리가 없었다.

에디는 추호의 망설임도 없이 '좋은 책'을 두 손으로 나꿔채 머리 높이 들어올렸다가 잔혹줄무늬 부인의 머리를 내리쳤다. 이 어마어마한 덩치의 얼굴 위로 순간, 형언할 수 없는 경악의 표정이 떠오르더니 그녀는 의식을 잃고 바닥에 (그리고 소스라치게 놀란 쥐 위로) 쿵 하고 쓰러졌다.

에디는 여기서 우물쭈물하지 않는 게 최상이라고 판단했다. 에디는 방문을 닫고(우리, 솔직해지자구, 거긴 방이 아니라 감방이었잖아?) 열쇠로 자물쇠를 채웠다. 열쇠는 커다란 철사 고리에 매달려 있었는데, 그 고리에는 다른 열쇠도 열두어 개 매달려 있었다. 이 열쇠 꾸러미라면 여기 성 호리드의 은혜를 아는 고아들의 집의 다른 방을 전부는 아니더라도 대부분은 열 수 있을 텐데. 이제 어디든 갈 수 있는 거다. 누구든 풀어줄 수 있는 것이란 말이다. 그게 에디가 할 일이었다. 다른 고아들을 해방시켜주는 것, 대탈옥이다!

11

마지막 이야기

끝이 좋으면 다 좋은 법 아니냐고요

에디가 잔혹줄무늬 부인을 안에 가두고 감방으로부터 도망친 지 한 시간도 되지 않았건만 고아원에 일어난 변화란 실로 엄청났다.

평상시의 성 호리드의 은혜를 아는 고아들의 집 같으면 어찌나 음울한지 저녁이면 차라리 셀룰로테이프로 막은 관 속에서 지내 거나 소금이랑 후추를 살짝 쳐서 자기 다리를 뜯어먹는 게 훨씬 더 나았겠지만…이젠 아니다!

석탄 자루나 굴뚝 너머의 세상은 감히 내다볼 수 없던 아이들, 호화 복장 파티 한구석에 세워놓은 칠판 같던 이 수백 명의 구접스러운 고아들이 감방에서 해방되어 이 고아원의 주인이 된 것이다. 이제 이 고아원은 웃음꽃이 피어나고 기쁨의 함성이 터지는 곳이 되었다.

평생을 '받은 은혜에 감사하며' 뼈가 닳도록 노동하며 세월만 죽이던 소년소녀들이 난생 처음 즐거움이 무엇인지를 느꼈다. 이 아이들은 '즐거움'이란 말에 잘못 걸려 넘어져도 그게 뭔지 알아보지 못했을 것이다. 고아원에서는 읽고 쓰기조차 금지시켰으니까. 이 아이들은 스스로를 암적 존재라고 믿으며 살아왔다.

고아가 읽고 쓸 줄 알아봐야 뭣에다 쓰겠는가? 이들이 배워야하는 것은 처신하는 법, 자기보다 윗사람이나 난사람을 공경하는 법, 그리고 최소한의 먹을 것으로 연명하는 법뿐이었다.

사실, 달아난 아이들이 처음으로 달려들어간 곳은 부엌이었지만 그건 먹기 위해서가 아니었다. 어차피 거기에는 여러분이나 내가 음식이라고 여길 만한 게 아무것도 없었다. 아니, 아이들이 포장돌 틈바구니의 부엌으로 개미떼처럼 몰려간 것은 요리사에게 쪽지를 주기 위해서였다.

요리사는 두꺼비보다 큰 사마귀가 있는 아주 덩치 큰 아저씨였다. 고아 아이들이 그에게 준 쪽지는 아주 짧은 내용이었다. 아이들은 그를 봉제인형—당시엔 봉제인형이 많았다는 사실, 기억하라—마냥 사뿐 들어올려 자반뒤집기를 하다가는 죽이 보글보글 끓고 있는 커다란 솥단지에다 머리를 처박아 넣었다.

요리사가 이 시련을 견디고 살아남았다면 여러분이 실망하실지도 모르겠지만, 놀랍게도, 이 펄펄 끓는 죽이 그의 몸에 우둘투둘 나 있던 사마귀를 전부 없애주었다. 하지만 요리사는 그 순간에는 이런 일이 생긴 것을 알지 못했다. 그가 아는 것은 감방—아차, 죄송, 방이었지—에 갇혀 있어야 할 이 무시무시한 꼬마들이 미쳐 날

뛰고 있다는 사실과, 자기가 이제는 가마솥 신세가 되었다는 사실뿐이었다. 그는 겁에 질려서 아이들이 떠나주기만을 빌었다. 그리고 아이들은 떠나갔다.

고지가 바로 저기였으나 이 고아 부대에는 무장이 필요했다. 손쉽게 구할 수 있는 무기로는 저 유명한 성 호리드의 은혜를 아는 고아들의 집 특산물 오이였다. 이 오이는 보통 오이가 아니었다. 보통 오이의 최고 약점이라면 별맛이 없다는 점, 샌드위치를 흠뻑 적셔버린다는 점, 그리고 가끔 가다 조각이 입천장에 달라붙는다는 점을 들 수 있을 것이다.

그러나 성 호리드의 은혜를 아는 고아들의 집 오이는 달랐다. 완전 다른 종자라고나 할까…사람들이 '완전 종자가 다른 놈이라니까'라고 말할 때와 같은 경우라고 보면 되겠다. 그렇다고 이 물건이 정말로 놈이라는 얘기는 아니다. 오이가 사람도 동물도 아닌데 진짜 놈일리가 있겠는가? 여기서 완전 다른 종자란 완전히 다른 야채라는 뜻이다. 알아들었나? 좋다.

이 종자는 성 호리드의 은혜를 아는 고아들의 집 야채밭의 척박한 돌투성이 땅에서 자란다. 사실, 베는 데 여간 힘이 드는 게 아니었다. 사실, 물에다 담궈놓지 않으면 돌처럼 딱딱해서 47분 가량 푹 고면서 이따금씩 저어주어야 했다.

그러나 고아원을 탈출한 이 구접스러운 고아 부대는 이 물건을 물에 담궈둘 생각이 없어 47분 가량 푹 고면서 이따금씩 저어주었다. 아이들은 이 오이가 돌처럼 딱딱하다는 점을 외려 좋아했는데, 이걸로 훌륭한 곤봉을 만들 수 있기 때문이었다—혹시 기억하신다면, 에디 디킨스 시대의 꼰대들이 들고 다녔던 그 경찰봉처럼 말이다.

에디 디킨스 얘기가 나왔으니 말인데, 그때 에디는 무엇을 하고 있었는가? 오이를 휘두르고 있었느냐고? 요리사를 가마솥에다 처박고 있었느냐고? 천만의 말씀. 에디는 다음 작전을 수행중이었다.

은혜를 아는 고아들을 방에서 구출해내는 것도 큰일이었지만 에디는 이 아이들이 고아원으로부터 완전히 달아나는 일을 도와야 했다. 아이들이 지난 세월 자기네를 끔찍하게 다뤄온 자들에 대한 보복을 원하는 것도 너무나 지당한 일이었지만 에디의 생각은 그 이상이었다. 아이들을 이 역겹고도 역겨운 곳에서 빼낸 다음에는 사람들한테 들켜 도로 끌려가지 않을 어딘가 안전한 곳에 숨겨야 했다.

이것이 에디가 지금 높은 벽돌담에 거대한 자물쇠문으로 둘러싸인 밀폐형 마당에 나와 있는 이유였다. 문은 문제가 아니었다. 지금 손에 들고 있는 열쇠꾸러미가 이 문을 열어줄 테니까. 진짜 문제는 이 마당에 있는 물건이었다. 거대한 바퀴뗏목 말이다.

사람들이 처음 수영을 배울 때 수영장에 가지고 가는 그런 종류의 물건을 말하는 게 아니다. 밀크셰이크 표면에 떠다니는 그런 물건도 아니다. 그러니까, 축제용 바퀴뗏목을 말하는 거다. 축제 행렬 때 쓰는 대형 장식 수레 말이다. 이 바퀴뗏목은 대형 젖소 모형이었다.

자, 여러분 가운데 눈치 빠른 사람이 대형 젖소 모형의 축제용 바퀴뗏목이 고아원의 마당에서 뭘 하고 있었던 거냐고 묻는데도 나는 놀라지 않을 것이다. 내가 이 이야기를 쓰는 게 아니라 읽고 있었다면 나도 똑같은 의문을 던졌을 테니까. 그럼 이제 말해주겠다.

고아원은 잔혹줄무늬 부부의 돈벌이 수단일 뿐이었지만 잔혹줄

무늬 부부가 정말로 그렇다고 인정했겠는가? 그들은 고아원이 고아들을 보살펴주기 위한 곳인 척해야 했다. 자, 그 시절 사람들은 엄격한 규칙과 중노동, 자주 목욕하지 않는 것이 고아들한테 좋다고 믿었다. 사람들이 잔혹줄무늬 씨네가 정작 아이들한테 뭐가 좋은지 뭐가 나쁜지에 대해서는 별 신경을 쓰지 않았다는 사실을 알았더라면 겁에 질렸을 테지만.

성 호리드의 은혜를 아는 고아들의 집은 사회기부금으로 운영되는 곳이었다. 이는 고아들을 딱하게 여기는 사람들 혹은 고아들에게 관심이 있는 것처럼 보이고 싶은 사람들이 잔혹줄무늬 씨 부부한테 아이들을 보살펴달라고 돈을 지불했다는 뜻이다. 하지만 정작 잔혹줄무늬 씨 부부는 이렇게 받은 돈 대부분을 자기네 딸 앤젤이나 자기네한테 썼다. 고아들은 거의 받은 게 없었으나…사람들은 이 사실을 알지 못했다.

사회기부금에 의지할 때는 모금행사를 개최해야 하는데, 바로 그 행사 때문에 대형 젖소 모형의 축제용 바퀴뗏목이 들어온 것이다. 이곳 시골은 수백 년 동안 늑대와 노상강도, 양을 위한 생명보험 판매사원이 그득한, 아주 기분 나쁜 곳으로 알려져왔다. 사람들은 광역도시권(대도시와 중소도시를 가리키는 어려운 어휘다)에 사는 것을 훨씬 선호했다.

하지만 최근 들면서 시골 공기가 건강에 좋으며 또 시골 우유도 그만큼이나 좋은 것임을 알리는 운동이 일어났다. 그래서 잔혹줄무늬 씨 부부는 자기네 노예(고아들 말이다)를 동원하여 사람들한테 성 호리드의 은혜를 아는 고아들의 집이 물 좋고 공기 좋은 시골에 위치한 곳, 운좋은 꼬마들이 신선한 공기와 우유를 원없이 얻는 곳이라는 인식을 심어주기 위한 의도로 축제용 바퀴뗏목을 짓게 만든 것이다. 기꺼이 돈을 내주고 싶은, 그런 고아원처럼 보이겠다, 그런 속셈이었다, 이 말씀이다! 바퀴뗏목은 지역 도처의 모금행사에 사용되던 것이다.

에디는 이 바퀴 달린 대형 젖소를 보고는 한눈에 속이 비어 있음을 알아냈다. 그리고는 23.5분도 지나지 않아서 고아를 전원 불러모아 안에다 차곡차곡 태웠다.

떠나는 것을 아쉬워하는 고아들도 있었는데, 잔혹줄무늬 씨의 사무실에 있던 아이들이 그랬다. 이 아이들은 가련한 잔혹줄무늬 씨에게 강제로 흑묵지를 먹이고 있었다. 그리고는 값비싼 벨벳 커튼에 딸린 밧줄로 잔혹줄무늬 씨를 책상에다 꽁꽁 묶고는 입에는 커다란 문진을 물린 뒤 사무실을 빠져나왔다. 잔혹줄무늬 씨는 중세 때 연횟상에 오르던 구운 사과를 입에 문 돼지 통구이 신세가 되어 살려달라고 소리를 지를 수 없었다.

고아 전원을 속 빈 대형 젖소 속에 숨긴 뒤 에디는 바퀴뗏목을 마구간에서 찾아낸 짐마차 말에다 잽싸게 걸어맸다. 척 봐도 고아들보다 훨씬 더 큰 사랑과 보호를 받아온 말이었다. 틀림없이 여물도 양질이었다. 마구간에 전채요리와 주요리, 푸딩 메뉴 3종에다 정선된 고급 포도주까지, 골고루 있더란 말이다.

드디어 준비가 끝났다. 문에 달린 커다란 맹꽁이 자물쇠에다 이 열쇠 저 열쇠를 꽂아보고 나서야 마침내 맞는 걸 찾아냈다. 이미 어스름이 깔려 있었지만 달빛이 밝아 주위를 살펴보는 데는 큰 문제가 없었다. 에디는 문을 활짝 열어제끼면서 말등에 껑충 올라 앉았다. 바퀴 달린 대형 젖소는 달그닥달그닥 시골길을 달려 자유가 기다리는 세상 속으로 미끄러져 들어갔다.

다음날 아침, 잠에서 깬 에디의 당숙모는 헷갈렸다. 무슨 이유에선지 남편 몽룡 잭과 자기가 그 지역의 여관이 아닌 자기네 마차에서 잠을 잤지만 아무리 기를 써도 왜 그랬는지가 기억나지 않았기 때문이다.

모드 당숙모는 위대한 중국의 전 황후, 즉 배우 겸 연출가인 펌블스누크 씨에 대한 기억도 가물거렸다. 생각해보니, 두 사람이 동일 인물이 아니었던 것도 같고…. 펌블스누크 씨가 황후 역을 맡고 에디가 고아 소년 역을 맡기로 했었지?

에디는 어떻게 됐더라? 이 선량한 소년한테 무슨 일이? 아, 맞다! 에디가 이들의 오촌조카가 아니라 정말로 탈출한 고아였던 것으로 드러났었지. 그리고는 꼰대한테 잡혀갔던 것이지. 이 모두가 너무 혼란스럽군.

몽몽롱 모드 당숙모의 머리는 최고로 순조로울 때라도 빙글빙글 돌지만 그날 아침엔 아예 소용돌이였다. 말콤은 어디 갔지? 말콤한테 무슨 일이 생긴 거지? 당숙모는 동틀녘부터 마차 안을 미친 듯이 뒤졌다. 박제 흰담비를 발견하자 비로소 맥박이 정상으로 돌아왔다. 거기 있었구나. 무사히, 안녕히.

"잘 잤니, 말콤!" 안도감에 젖어 당숙모가 말했다.

"내 이름은 잭이라오." 몽롱 잭 당숙부가 얕은 잠에서 깨어나면서 모드 당숙모를 일깨워주었다.

"지금 난 흰담비한테 말하고 있는 중이랍니다, 낭군님" 하고 몽몽롱 모드 당숙모가 말했다. 귓속에다 넣어두었던 흰담비 털이 밤새 빠져나와 모드 당숙모의 청력이 정상으로 돌아와 있었다. 머리는 소용돌이치지, 잠은 곧추서서 잤지, 모드 당숙모는 목부위가 심히 아팠다. 마치 누가 목둘레에다 옷핀이라도 꽂아놓은 것 같았다.

"난 당신 흰담비 이름이 샐리인 줄 알았는데?" 하고 잭 당숙부가 말했다. "난 항상 샐리라고 불렀소. 흰담비 샐리라고 말이야."

"걔는 암컷이 아니라 수컷이고, 이름은 말콤이에요" 하고 모드가 딱 잘라 말했다.

"언제 보아도 놀라운, 오 나의 아내." 몽롱 잭 당숙부가 자랑스럽게 말했다. 그는 아내의 목에서 옷핀을 뽑아낸 뒤 그 자리에 입을 맞추었다.

통증이 씻은 듯이 사라졌다. "이게 어쩌다 여기에 꽂혀 있지?" 모드 당숙모가 물었다.

"당신이 밤새 코를 곯아서 전 중국의 황후께서 그걸로 당신을 찌른 거요" 하고 몽롱 잭 당숙부가 설명해주었다. "중국인들한테는 동방의 온갖 신비한 비법이 많다오. 그 여자는 그걸 침이라고 부르두만."

"효험이 있던가요?" 모드가 궁금해서 물었다.

"당신이 비명을 멈추고 우리가 피의 급류와 맞서 싸운 뒤로 효험이 나타났소" 하고 잭 당숙부가 말했다. "그걸 기억 못하다니, 놀랍소."

"솔직히 오늘 아침엔 맥을 못 추겠던 걸" 하고 몽몽롱 모드 당숙모가 말했다. "많은 게 기억나지 않는데, 황후는 지금 어디 있소?"

잭은 마차 바닥을 내려다보며 가리켰다. 펌블스누크 씨가 그들의 발치에서 자고 있었다.

"이것도 중국 사람들 관습인가?" 하고 모드 당숙모가 물었다.

"자리가 좁았던 거라고 봐야겠지." 잭 당숙부가 말했다. "당신만 괜찮다면 공기를 좀 쐬어야겠소." 그리고는 이 배우 겸 연출가의 잠든 몸뚱이를 밟고서 문을 열고는 바퀴자국이 새겨져 있는 땅으로 내려갔는데…거기서 누구랑 맞닥뜨렸는지 짐작이 가시는가?

'바퀴 달린 속 빈 대형 젖소' 라고 대답한 사람한테는 점수 없다. 잭 당숙부는 에디의 부모인 디킨스 씨 부부와 마주친 것이었다. 옷가지도 얼굴도 잔뜩 그을음이 탔지만 그렇다고 잭 당숙부가 한눈에 알아보지 못한 것은 아니다.

"두 사람, 이제 누렇게 뜬 얼굴이 아니네!" 잭 당숙부가 말했다. 놀라운 표정이 역력했다.

"그렇죠?" 하면서 디킨스 씨는 미소를 지었다.

"끄트머리가 약간 쭈글거리지도 않고," 하고 몽롱 잭 당숙부가 놀라움에 말했다.

그는 말을 멈추고 매부리코로 싱싱한 아침 공기를 들이마셨다. "오래된 보온병 냄새도 나지 않아!" 잭 당숙부는 숨이 막힐 것 같았다.

"맞아요!" 디킨스 부부가 한 목소리로 대답했다. 행복의 미소가 만면에 퍼졌다. "머핀 박사님은 천재예요! 우릴 낫게 해주셨으니까요. 우리집과 그 안에 들어 있던 모든 걸 불태우는 걸로 다 해결됐어요. 그 연기 속에 들어 있던 화학물질들이 바로 우리에게 필요하던 것이었죠. 우리가 이제 멀쩡해진 거예요."

"근사해…근사해요." 마차에서 밤을 보내 온통 떡이 된 머리카락을 가다듬으면서 몽롱 잭 당숙부가 말했다. "근데, 여긴 왜 온 건가?"

"에디를 데리러 왔어요." 에디의 아버지가 말했다. "지금쯤은 여기 황당골목에 도착했으려니 싶었지만, 운이 따르려니 여기서 뵙게 되는군요."

"에디라니?" 몽롱 잭 당숙부는 마치 안경이나 뭐 별 중요할 것 없는 치즈 조각을 어디다 잘못 둔 건지 생각해내려고 애쓰는 것처럼 얼굴을 찡그리며 물었다.

"우리 아들은요?" 디킨스 부인이 조심스럽게 물었다. 이번엔 유명한 장군 모양의 얼음조각이나 양파를 입에 물어 알아듣기 힘든 발음이 아니었다. "우리가 다 나았으니 이제 아주버님과 형님께서 에디를 보살펴주시지 않아도 되지요."

"네, 그렇죠" 하고 디킨스 씨가 동의했다.

"아하, 그렇군" 하고 몽롱 잭 당숙부가 대답했다. "근데, 문제는 너희 부부가 착각을 했다는 거야. 너희가 우리한테 맡겼던 그 아이는 너희 아들 에드먼드가 아니라 도망친 고아였단다. 본인도 인정을 했고. 내 기억에는 아주 확실하다."

"조녀선이 아니고요?" 에디의 어머니가 놀란 얼굴로 물었다. "그 아이가 내 아들인지 아닌지는 제가 잘 알고 있다고 생각하는데요."

"저런, 저런" 하고 몽롱 잭 당숙부가 말했다.

그때 펌블스누크 씨가 마차의 열린 문으로 굴러떨어지면서 진흙땅 위로 털썩 떨어졌다가 연극에나 나올 법한 고함을 지르면서 일어났다. **"나를 감히 내 침대에서 걷어차는 게 누구야?"** 그는 진한 고딕체로 다그쳐 물었다. 인기 연극 〈왕가의 소동〉에서 거드름 박사를 연기할 때 무대에서 대단한 효과를 발휘했던 바로 그 발성이었다.

에디의 부모님은 펌블스누크 씨를 본 적이 없는 터라 통가슴에 목소리가 쩌렁쩌렁한 이 우람한 남자의 등장에 상당히 쫄았다.

"이쪽은 전 중국의 황후 마마, 이쪽은 에드먼드의 부모입니다." 잭 당숙부가 양쪽을 소개했다. "에드먼드가 정말로 에드먼드였던 것 같군요," 하고 펌블스누크 씨가 연극풍으로 말했다. "이런 불상

사가 있겠습니까!"

"제 이름은 펌블스누크입니다." 펌블스누크 씨가 말했다. "제가 황후 역을 맡은 건 지난 며칠밖에 되지 않습니다. 에드먼드 선생의 양친을 직접 만나뵙게 되다니, 대단한 영광입니다."

"말씀 중에 끼어들어 죄송합니다만, 우리 아들은 지금 어디 있나요?" 하고 디킨스 부인이 끼어들었다.

"무슨 고아원에 있는데," 하고 몽롱 잭 당숙부가 말했다. "성 모비드던가? 성 솔리드던가? 성 푸얼리던가? 확실히 기억이 안 나는구나…걱정할 것 없다. 언제든 새로 얻을 수 있으니까."

"새로 얻다니요?" 하고 디킨스 씨가 어리둥절해서 물었다.

"새 아들 말이다" 하고 몽롱 잭 당숙부가 말했다.

"아, 네" 하고 에디의 아버지가 고개를 끄덕였다.

"무슨 일로 이 누추한 숲속까지 찾아오신 건지요, 선생, 부인?" 에디가 마차여인숙이라는 마차 여인숙 마구간에서 이 배우 겸 연출가를 처음 만난 순간 너무도 깊은 인상을 남긴 그 손수건으로 외투에 튄 흙탕물을 닦아내며 펌블스누크 씨가 물었다.

"우리가 병을 앓았는데, 그게 뭔지는 몰라도 에드먼드가 그 병에 걸릴까봐 저희 아주버님과 형님께 에드먼드를 보냈었거든요," 하고 디킨스 부인이 연유를 설명하기 시작했다.

"하지만 이제는 다 나아서 에디가 우리한테서 떨어져 있을 필요가 없어졌기 때문에 집으로 데려가려고요." 디킨스 부인이 이렇게 사연을 요약해 말했다. "우리는 먼저 기차를 타고, 황당골목까지 남은 1~2킬로는 걸어가자고 했는데, 그래서 아주버님의 마차를 이렇게 빨리 따라잡을 수 있었던 거예요. "

펌블스누크 씨는 마지막 남은 흙탕물 자국을 화려한 동작으로 닦아내고 손수건을 턴 뒤 가슴팍 호주머니에 무슨 열대산 꽃처럼 활짝 펼쳐지게 갖다 꽂았다. "어떻게 치료를 하신 겁니까?" 하고 펌블스누크 씨가 흥미로운 듯 물었다.

"우리의 훌륭한 주치의, 저 유명한 머핀 박사님이 우리를 안에 놔두고 집에 불을 지르셨답니다." 하고 에디의 어머니가 자부심에 들뜬 목소리로 말했다. "그게 우리가 불에 파삭 타버린다는 공포 감 때문인지 나무 땐 연기 때문인지는 모르겠지만 어쨌거나 박사 님께서 우리를 완치시켜주신 거예요."

"진정 놀라운 이야기군요!" 펌블스누크 씨가 우렁찬 목소리로 말했다. 대단히 감동을 받은 듯한 모습이었다. "하지만 한 가지 여 쭙고 싶은데요."

"네?" 디킨스 씨 부부가 대답했다.

"젊은 에드먼드 선생이 더는 황당골목에 있어야 할 필요가 없다 고 그러셨는데요?"

"네," 하고 디킨스 씨 부부가 고개를 끄덕였다.

"에드먼드 선생이 두 분과 집으로 돌아갈 수 있게 되었다는 말씀이시죠?"

디킨스 씨 부부가 다시 고개를 끄덕였다.

"하지만 방금 두 분의 집이, 직접 설명하시길, 제 기억이 틀리지 않다면…완전 불에 탔다고 말씀하시지 않으셨나요?" 하고 이 유랑배우가 물었다.

디킨스 씨는 디킨스 부인을, 디킨스 부인은 디킨스 씨를 바라보았다.

"맙소사! "디킨스 씨가 비명을 질렀다." 그 생각은 못했네! "

에디의 어머니는 구슬픈 탄식과 함께 털퍼덕 주저앉았다. 디킨스 씨는 아내를 진정시킬 최선의 방법으로 아내의 입 속에다 도토리를 채워넣었다. 그녀는 머핀 박사의 초기 요법 몇 가지를 떠올리면서 이상하게도 안정을 되찾았다.

그러는 사이 몽몽롱 모드 당숙모가 옷핀이 코쪽으로 삐져나온 박제 흰담비 말콤을 팔 밑에 단단히 끼고 마차에서 나와 서성였다.

몽몽롱 모드 당숙모는 순간, 자기네가 지난밤에 왜 몇 킬로미터 남지 않은 집으로 가지 않고 마차에서 잠을 자야 했는지 생각이 났다. 말이 없었던 것이다. 이번엔 몽롱 잭 당숙부가 말을 목욕탕에 잊어버리고 놔뒀다거나 하는 따위의 이유가 아니었다. 그 전날 밤에 말이 날뛰다 도망쳤든지 달아났든지, 아무튼 가버린 것이다. 다행히도 몽롱 잭 당숙부가 꼭대기에 앉고 다른 승객들이 안에 앉았던 마차는 놔두고 달아났다. 말은 어찌어찌해서 마차를 끊어냈고, 잭 당숙부가 이 잔뜩 놀란 동물을 붙들기 전에 (유명한 유행가풍으로) 산 넘고 물 건너 멀리멀리 달아났다.

내가 이 말을 잔뜩 놀란 동물이라고 묘사한 점에 주목하라. 뭐에 잔뜩 놀란 건가? 디킨스 씨네 충직한 하인 웅얼이 제인과 도킨스 때문에 잔뜩 놀란 건가? 이 두 사람이 상당한 구경거리였다는 점만큼은 확실히 인정한다. 에디의 부모님과 같이 기차를 탔지만 하인 신분이었던 까닭에 기차 뒤에 매달려 와야 했으니까. 기차가 쌩 하고 달리자 두 사람은 여기저기 부대끼면서 온몸에 가시금작화더미며 동강난 전신주가 달라붙었다. 그러나 아니다. 이들은 그 다음날 아침에나 모습을 드러냈다. 나는 그 전날 밤에 잔뜩 놀란 몽롱 잭 당숙부의 말 이야기를 하고 있는 거다.

몽몽롱 모드 당숙모는 뭐 때문인지 알고 있다. 그녀는 지금 그 시각, 그 장소의 범인을 응시하고 있다.

도로 옆 어떤 울타리 너머에 거대한 젖소가 있었다. 모드 당숙모는 그렇게 커다란 젖소는 난생 처음이었다. 당숙모는 그 젖소를 처음 본 순간 사랑에 빠져버렸다. 중고 박제동물이 즐비한 한 가게에서 말콤을 처음 본 순간 그랬듯이.

주변에 널린 나머지 것들은 안중에도 없이 몽몽롱 모드 당숙모는 비틀비틀 진흙길을 헤치고 그 울타리를 향해 나아갔다. 모드 당숙모는 꽃발로 서야 이 축제용 바퀴뗏목 젖소의 검은 주둥이에 손이 겨우 닿았다. 당숙모는 녀석을 다정하게 쓰다듬었다.

"안녕, 이제부터 너를 마조리라고 부르마." 모드 당숙모는 울타리를 따라 걷다가 문이 나오자 안으로 들어갔다.

몽몽롱 모드 당숙모가 약 10분 뒤에 젖소 옆구리에서 나오고 뒤이어 에디와 생전 처음 보는 구접스러운 아이들 일행이 따라나오자 에디의 부모는 깜짝 놀랐다…고 말한다면 그건 너무 간략한 설명이 될 것이다.

디킨스 부인은 우당탕 달려나가 아들을 껴안았다. "어이서오은기야?" 에디의 어머니는 입에 도토리를 잔뜩 문 채 물었다. 예전과 달라진 게 없었다. 내 생각엔 에디의 어머니가 '어디서 오는 길이야?'라고 말했을 것 같다.

몽몽롱 모드 당숙모는 도무지 기뻐 보이지 않았다. "이 아이들이 어떤 젖소의 궁둥이에서 기어나오는 걸 내가 봤다"고 당숙모가 말했다. 험악한 얼굴이었다. "불명예스러운 행동이라고 할밖에. 자기 직분을 지키며 잠자코 서 있던 가엾은 마조리…한떼거리나 되는 아이들이 자기 궁둥이에서 기어나오는 걸 대체 우리 가엾은 마조리가 바랄 성싶으냐고…."

하지만 아무도 (나는 거기에 에디도 포함시키겠다) 당숙모의 말을 듣지 않았다. 에디는 너무나 신이 난 나머지 어머니와 아버지가 병이 다 나았다는 이야기나 집이 불에 탔다는 이야기를 귀담아들을 정신이 아니었다. 펌블스누크 씨는 백여 명의 고아를 보고 몹시 기뻤다.

"젊은 피!" 하고 그가 말했다. "그게 바로 우리 유랑극단에서 필요로 하는 거야. 젊은 피! 너희 어린이들이 바로 나의 미래다. 너희를 군중 장면에 동원해서 내가 해낼 수 있을 그 모든 공연을 생각해봐! 관객들은 열광할 거다! 〈줄리어스 시저〉의 살인 드라마를 한번 생각해보라구!"

간밤에 대형 젖소 안에서 (잭 당숙부의 말이 이 괴물을 보고는 놀라 달아날 때도 깨어나지 않고서) 달콤한 잠을 잤던 아이들은 기운이 샘솟고 신바람이 났다. 아이들은 펌블스누크 씨가 무슨 일로 저러는지 영문을 알 수 없었지만 살인이라는 말이 나오자 일제히 성 호리드의 은혜를 아는 고아들의 집 오이를 공중에다 휘두르더니 나중에는 펌블스누크 씨 등에 대고 두드려댔다.

"훌륭하다!" 펌블스누크 씨는 오이의 공격을 두 팔로 막으며 환희에 젖어 큰소리로 외쳤다. "바로 그 정신이야!"

너그러운 독자들이시여, 제목은 『어이없는 황당골목』이지만, 이 이야기는 이렇게 끝난다. 하지만 디킨스 씨 가족한테는 이곳이 황당하기만 한 골목이 아니다. 집을 잃은 디킨스 씨 부부와 에디는 집을 새로 짓는 동안 임시 거처로 삼자는 생각으로 황당골목으로 이사했다. 공교롭게도, 그들 일가는 오늘날까지도 거기 살고 있다.

도망친 고아들은 실제로 펌블스누크 씨네 유랑극단에 합류했다. 아이들은 펌블스누크 부인의 짜증나는 말투와 그녀가 여전히 얼굴에서 부스럼을 뜯고 있다는 사실을 견뎌야 하기는 했지만, 생각해보면 나쁘지 않은 인생이었다. 왜냐면 유랑극단에서 큰 비중은 유랑이기 때문이다. 그들은 늘 유랑중이었다. 꼰대들은 그 아이들을 붙잡지 못했다. 고아 중 한두 명은 자라나서 훌륭한 배우가 되었는데, 당신이 터무니없이 늙은 사람이라면 아마 그들 가운데 친숙한 이름을 찾을 수도 있으리라.

몽롱 잭 당숙부는 에디네 가족과 한집에 사는 것에 금세 싫증이 나서 마당에다 나무집을 지어 이사했다. 그는 거기서 생선을 말렸지만 숙박비로는 사용하지 않았다. 처음에는 이웃집 고양이들 때문에 골치를 앓았지만 얼마 지나지 않아서 말린 생선에 담장용 방부제를 바르면 냄새가 고약해 고양이들이 흥미를 잃는다는 사실을 알았다.

몽몽롱 모드 당숙모도 황당골목의 마당에서 살았지만, 좀더 정확히 말하자면 황당골목의 마당에 세워놓은 마조리 안에서 살았다. 박제 흰담비 말콤도 함께는 물론이고. 모드 당숙모는 무르익을 대로 무르익은 126세를 일기로 사망하여 마조리 안에 아늑하게 묻혔다. 그 자리에 82년 넘게 묻혔던 모드 당숙모는 그곳이 수영장으로 개발되면서 이장되었다.

그러면, 이 이야기의 주인공 에디는 어떻게 되었는가? 에, 그의 모험은 아직 끝났다고 보기 어렵다. 성 호리드의 은혜를 아는 고아들의 집 고아들의 구원자 에드먼드 디킨스한테는 더 많은 이야기가 기다리고 있다. 그러나, 모든 훌륭한 작가들이 하는 것처럼, 그건 나중 얘기다.

끝

당분간은…

에디 디킨스와
황당가족의 모험 1

1판 1쇄 찍음 2006년 1월 5일
1판 1쇄 펴냄 2006년 1월 10일

펴낸곳 궁리출판

지은이 필립 아다
옮긴이 이민아
펴낸이 이갑수
편집주간 김현숙
편집 이유나, 이미경
영업 백국현, 도진호
관리 김유미

등록 1999. 3. 29. 제300-2004-162호
주소 110-043 서울특별시 종로구 통인동 31-4 우남빌딩 2층
전화 02-734-6591~3
팩스 02-734-6554
E-mail kungree@chol.com
홈페이지 www.kungree.com

ⓒ 궁리출판, 2006. Printed in Seoul, Korea.

ISBN 89-5820-045-6   44840
ISBN 89-5820-044-8(세트)   44840

값 7,500원

이 도서의 국립중앙도서관 출판시도서목록(CIP)은 e-CIP 홈페이지 (http://www.nl.go.kr/cip.php)에서 이용하실
수 있습니다. (CIP제어번호 : CIP2005002836)